Pourquoi nous ?

Du même auteur

La Salle de bains, Art et comédie, 2003.
Pourras-tu me pardonner ? Plon, 2008.
Neuf mois dans la vie d'une femme, Calmann-Lévy, 2010.

Astrid Veillon

Pourquoi nous ?

roman

PLON
www.plon.fr

92, avenue de France
75013 Paris
Tél. : 01 44 16 09 00
Fax : 01 44 16 09 01
www.plon.fr
www.lisez.com

Mise en pages : Graphic Hainaut
Dépôt légal : juin 2021
ISBN : 978-2-259-30647-8

«Le mal se fait sans effort, naturellement, par fatalité.
Le bien est toujours le produit d'un art.»

Charles Baudelaire

I

La vie possède mille visages, tantôt joyeux et légers, tantôt tristes et violents. Elle est un jeu dont nul ne maîtrise les règles. Elle n'appartient à personne.

CHARLY
La rencontre
2006

Vingt-quatre novembre, Paris, début de soirée pluvieuse. Je remarque Lucy pour la première fois sur une porte de frigo du 17e arrondissement. Les paysages, les souvenirs de vacances, les photos de famille, les sourires, les regards se confondent. Pourtant, je ne vois qu'elle. Ses yeux bleus dégagent une fragilité émouvante. Sa bouche charnue, son visage poupon, son nez retroussé, ses longs cheveux me bouleversent. Sa pose sensuelle et l'intensité de son regard la font ressembler à Jeanne, l'une des héroïnes du dessinateur Jean-Pierre Gibrat.

Je rentre de Salvador de Bahia, dix-huit jours en mer, un podium et une semaine de course médiatique. J'entame ma période de réadaptation terrestre. Les « après » de mes expéditions sont souvent une épreuve physique et psychologique. Je délaisse mon grand amour, l'immensité des océans. J'abandonne mon bateau, son vacarme, et relâche mon attention presque obsessionnelle de la moindre avarie. Pendant environ trois semaines, mon horloge interne aura des difficultés à s'apaiser. Mes nuits seront entrecoupées de réveils en sursaut, tel un enfant décalé dans son rythme de sommeil. Les retrouvailles avec mes proches, toujours joyeuses, s'avèrent pourtant compliquées.

À chaque retour de mes voyages, je ne suis plus vraiment comme avant, ni mieux, ni pire. Différent. Durant mes compétitions, rien ne doit venir parasiter ma concentration. À bord, aucune place à la fantaisie, à l'émotion ou à l'impulsivité. À chaque instant, il me faut contrôler mes gestes, mes pensées et demeurer solide face à l'indomptable. Durant mon absence, ma famille, mes amis poursuivent leur quotidien. Ils gèrent leur travail, élèvent leurs enfants, surmontent leurs tracas. Au large, le temps s'écoule à l'infini, entre départ et arrivée, telles une ouverture et une fermeture entre deux mondes. J'aime oublier la terre ferme. En bon marin, je connais les risques encourus et les accepte. Impossible de tricher avec la mer. Elle rend humble. J'embarque sur mon bateau, largue les amarres et me livre à l'inconnu. Autant de choses dont je suis incapable dans la « vraie » vie. J'ai besoin de l'autre temporalité, rythmée par les quarts, le bruit du vent qui claque dans les voiles, les piaulements des albatros. L'horizon à perte de vue, le jour et la nuit, images mouvantes et immuables, selon la course, selon les tempêtes traversées. J'apprends, je grandis et ne reviens jamais indemne, convaincu que les lendemains terrestres demeurent trop prévisibles, trop ternes. J'éprouve alors le désir tenace de reprendre la barre.

Je ne sais plus qui disait : « Il y a trois sortes d'hommes, les vivants, les morts et ceux qui sont en mer. » On ne choisit pas d'être marin comme on ne choisit pas d'aimer. On ne devient pas navigateur. On répond à l'impérieux appel intérieur. Ma soif du large me poursuit depuis l'enfance lorsque mon grand-père m'enlevait pour d'inoubliables escapades en mer. À l'heure des jeux de Lego, des batailles de chevaliers, des courses de voitures, des parties de ballon, je rêvais de voyages, d'aventure et de liberté. Au fil des années, je devenais intarissable sur le sujet.

Mon entourage s'amusait à lancer des quiz sur les grandes courses navales : « La date de la première édition de la route du Rhum ? – 1978, premier arrivé, Mike Birch, canadien, en 23 jours, 6 heures et 35 secondes ! » J'étais incollable. Papa jubilait, fier de son prodige, et je devinais l'inquiétude dans les yeux de ma mère. Je lisais tous les ouvrages qui existaient sur le monde marin, *L'Île au trésor*, de Robert Louis Stevenson, les romans de Pierre Loti, ceux de Jules Verne et tant d'autres. Je transformais ma chambre en musée de la Marine, maquettes de voiliers, puzzles, posters. Gamin solitaire, je m'évadais et rêvais de devenir, bientôt, un loup de mer. L'océan, mon seul univers d'aventures.

Mais revenons à ce vendredi soir. Je séjourne depuis quelques jours chez François, mon ami d'enfance installé à Paris, avant de retrouver mon Sud-Ouest natal. Sorte de rituel instauré entre nous au fil des années. La journée, je profite d'escapades et d'éventuels nouveaux sacres pour troquer mes bottes de caoutchouc et mon ciré contre un costume-cravate afin de convaincre de nouveaux sponsors. Une actualité chargée galvanise souvent les banques, partenaires indispensables à la pérennité de mes futures courses. Le soir venu, nous nous retrouvons comme deux adulescents, vautrés sur le canapé, à vider des bières et à refaire le monde. François est divorcé depuis bientôt un an, père d'un garçonnet de dix ans, dont il a la garde alternée. Marié trop jeune, il goûte au célibat et collectionne les histoires sans lendemain avec virtuosité. De mon côté, sans doute trop idéaliste, j'enchaîne les échecs sentimentaux. J'attire les femmes à problèmes, les mariées, les dépressives, les trop jeunes, les trop vieilles, et reste, bien souvent, perplexe face à la complexité féminine. D'où vient ce besoin de tout compliquer? Cette urgence à se projeter en épouse, en mère? Ce don de voir le mal partout? Sans oublier le fameux fantasme autour des marins qui me porte préjudice : la légende des têtes brûlées, l'âme d'aventurier vagabond, l'image de la force tranquille… Ce genre d'atouts virils ont une fâcheuse tendance à raviver, chez les plus névrosées, le désir d'être celle qui parviendra à me « dompter ». Défi personnel voué à l'échec. En amour, j'aime la rencontre, la découverte de l'autre. Ces petits bouts d'aventure où je me sens profondément vivant. Les premiers rendez-vous, les attentes d'un appel, les signes du destin, réels ou inventés. Je savoure les pas hésitants, la pudeur, la timidité. Instants de grâce. Je redoute l'étape suivante, celle où se pointent les désillusions lorsque la phase de séduction s'est consumée et que le décalage se crée.

Pour être tout à fait honnête, mes efforts pour comprendre mes partenaires ne sont guère convaincants. Ou peut-être n'ai-je pas encore rencontré celle qui me donnerait envie de la comprendre. En même temps, ce serait dommage de l'avoir ratée ! Je n'ai jamais envisagé une relation durable. Je cherche la femme parfaite. Un psy me conseillerait, certainement, de creuser du côté de ma mère, Marie. Femme d'exception, généreuse, toujours présente mais néanmoins discrète. Maman demeure le soutien infaillible de mes ambitions les plus folles, malgré sa peur de me perdre. Ses quarante ans de mariage avec mon père ne l'empêchent pas de le couver d'autant d'amour et de fierté qu'une jeune fille éperdument amoureuse. Mœurs d'un autre siècle peut-être, de celles qui nous laissaient le temps d'apprendre à nous connaître. Un mode de vie différent, où l'on se battait pour son couple sans prendre la tangente au premier désaccord. Mes parents s'aiment d'un amour infaillible. Un idéal tant espéré et somme toute utopiste.

Ce soir, on fête les trente-cinq ans de François. En pleins préparatifs d'un apéro dînatoire, je m'éternise devant cette porte de frigo.

— C'est qui ?
— Lucy…
— D'accord… Super ? Et ?
— Euh… Comment te dire ? Euh… Intéressante, drôle… Imprévisible… Célibataire… trente-trois ans…
— Ah oui, quand même !
— J'ai pas fini ! Elle a tout pour elle…
— Sauf ?
— Elle est comédienne.
— Aïe, Aïe, dommage, ça se présentait bien !

Ma tentative avec une actrice s'était avérée des plus dévastatrice. Il y a les femmes, mystère non résolu depuis la nuit des temps, et les actrices. Ma rencontre avec Carole, ravissante trentenaire, brune, sexy et très avenante, datait d'une remise de prix reçu pour un essai rédigé lors de mon premier tour du monde. Carole respirait la joie de vivre, la légèreté de l'être. Les prémices de la passion ne laissaient aucune chance à l'objectivité. Elle comptait des apparitions dans des téléfilms, dans deux pièces de théâtre, et continuait de prendre des cours de comédie en nourrissant de grandes ambitions. Nos rendez-vous de plus en plus fréquents présageaient une relation épanouissante. Néanmoins, au bout de quelques mois, je décelais chez Carole une certaine inconstance. Attachante au début puis peu à peu effrayante. Elle passait du rire aux larmes sans raison. Elle entrait dans des crises de colère insaisissables. Elle se voulait indépendante mais devenait de plus en plus agressive lors de mes absences. Les reproches fusaient. Je devais être là pour elle, m'occuper d'elle, sans cesse la consoler. Elle angoissait avant ses auditions de crainte de ne pas être à la hauteur, stressait après, de peur ne pas être retenue. Elle souffrait d'être continuellement dans l'attente du désir des autres. Je n'évoquais jamais ma vie privée dans mes interviews. Elle ne le supportait pas et se sentait rejetée. Pour l'apaiser, je rencontrais donc son cercle d'amis, des acteurs, des animateurs, des producteurs, des réalisateurs. Je l'accompagnais à certains dîners et découvrais une nouvelle facette de sa personnalité chargée d'un narcissisme à fleur de peau. Elle se montrait carriériste, à la limite du ridicule. Je m'ennuyais ferme à les écouter échanger sur les sorties de films, les tournages en cours. Sans aucun scrupule, ils démontaient les comédiennes et comédiens en vogue, et se moquaient de ceux pressés tels des agrumes, puis jetés comme des « merdes ». À les entendre, on pouvait croire que le monde gravitait autour d'eux et qu'ils ne doutaient pas une seconde de leur aptitude à le sauver. Je m'éloignais de mes valeurs, de mes « gens », de ma vie, et même si nous baisions comme des bêtes, la rupture apparaissait inéluctable. Ce fut violent. Pendant des semaines, Carole ne m'épargna rien, tentative de suicide, déclarations tonitruantes dans les torchons people, crises de larmes, menaces, chantage. Rien. Voilà pourquoi, dorénavant, j'inscris les actrices sur la longue liste des femmes à fuir.

Plutôt déçu par les révélations de mon ami sur cette Lucy, je décroche, enfin, de la photo sur la porte du frigo. Vingt et une heures, les invités arrivent. Il continue de pleuvoir. L'alcool aidant, je me fais plus loquace. Je reconnais certains visages. On me questionne sur ma récente victoire. On s'intéresse à ma prochaine compétition. Il est difficile de partager ma passion avec des novices, peur de trop en dire, de trop en faire. La mer reste fascinante pour ceux qui l'admirent du rivage. Étendue à la fois source de vie et univers de mort, célébrée par nombre de poètes et d'écrivains. J'ignore si l'on me pose ces questions par politesse ou par véritable intérêt. Les humains demeurent, pour moi, des énigmes. Je vais aux toilettes. On sonne à la porte. J'ouvre. Apparaît une silhouette féminine trempée. Elle râle de sa voix éraillée, sans doute par un excès de tabac. Elle retire son casque, ses gants et son blouson qu'elle dépose dans l'entrée :

— Fait chier cette pluie ! J'en ai marre de cette ville, il pleut tout le temps et il n'y a que des cons ! Oups, pardon, je croyais que c'était François.

Merde… La fille du frigo est là devant moi ! J'aime ce phrasé débridé qui passe du coq à l'âne. Je croise son regard rebelle et suis hypnotisé par tant de charisme. Elle sourit, me dévisage.

— Ben non, c'est pas François !
— Sans déconner ! Salut, moi c'est Lucy.

Je lui tends la main. Elle me fait la bise. Je reste con et lui lance :

— Enchanté, moi c'est Charly. Pas le meilleur soir pour une balade à moto !

Elle retire ses chaussures, ses chaussettes.

— Je déteste l'humidité. J'attrape froid par les extrémités.

Ses pieds romains, colorés d'un rouge profond, sont parfaits. Je m'efface pour libérer le passage et m'oblige à ne pas reluquer son cul. Je ferme la porte. Elle a déjà disparu. Je regarde incrédule ses bottes de moto et ses chaussettes gorgées d'eau. Je peux enfin aller pisser. Je m'observe dans le miroir. Je ne ressemble à rien avec mes kilos en moins, ma barbe hirsute, mes cheveux trop longs, décolorés par le soleil et le sel. Une loque humaine, en même temps, je n'avais rien prévu !

« Pas-le-meilleur-soir-pour-une-balade-à-moto ! » T'as rien trouvé d'autre ? Pauvre con.

Quelle vacuité consternante ! J'hésite entre l'idiot de service et l'amoureux transi. Pléonasme. Je tente malgré tout un léger un coup de peigne, à l'effet stérile, avant de sortir de ma « tanière ».

De retour dans le salon et en toute discrétion, je l'observe. Lucy parle, clope à la main, avec une blonde, Ana, me semble-t-il, une connaissance de François. « Non, Charly, plus d'actrice ! » À plusieurs reprises, nos regards se croisent. Elle me considère. Je la détaille. J'aime sa façon de bouger. Elle est plutôt grande. Ses jambes sont interminables. Son décolleté élégant laisse espérer une jolie poitrine ferme, bien haute. Le tableau de dos se présente tout aussi séduisant, des courbes harmonieuses et un petit cul rebondi. On ne lutte pas contre sa nature.

Elle se maquille peu, juste assez pour faire ressortir ses yeux « irréels ». Sa peau est lumineuse, son sourire radieux. Elle converse avec tout le monde, rit beaucoup. Au moment du gâteau, je me retrouve à ses côtés sur le canapé. Mon genou frôle sa cuisse. Son parfum aux senteurs ambrées chatouille mes narines. Mes mains deviennent moites. «Je suis cuit.» Plus tard dans la soirée, Lucy propose un tournoi de backgammon. Je voue une véritable passion pour ce jeu de hasard, initié par un ami iranien lors de mes années fac. Les lancés de dés s'enchaînent. L'alcool coule à flots, oublié mon hygiène de vie impeccable. « Charly se lâche » - je n'ai pas de compétition prévue avant plusieurs semaines. Coups de dés, coups de chance, Lucy et moi arrivons en finale. Les filles l'encouragent, et les « bourrins » à l'humour pas très délicat me déconcentrent. Durant la partie, nos doigts s'effleurent. Elle me défie et mes joues s'empourprent. La fin du jeu nous plonge dans une sorte d'hystérie collective. Les cris, les rires emplissent la pièce. Lucy gagne d'un pion. Elle court dans tout l'appartement à la manière d'une gamine et je craque devant tant de spontanéité.

— Non, Charly, plus d'actrices !

Ah... Ce n'est plus ma conscience qui parle, c'est François. Je le regarde en souriant. Sans commentaire. Pour terminer en beauté, notre hôte, bien éméché, propose un karaoké. La vraie soirée « Beauf Land » ... Tout jeune, il rêvait d'une carrière de chanteur. À l'époque, il avait monté un groupe, « Les Gentlemen ». Sa formation faisait la tournée des boîtes et des bars aux alentours de Biarritz. La sagesse aidant, et le talent manquant, il délaissa ses rêves de gloire au profit d'études d'architecture. Hélas, pour nos pauvres oreilles, sa passion pour la variété française demeure intacte et nos dîners se terminent généralement en cacophonie pathétique.

Nous installons l'écran, sortons le livret des paroles. Le micro est branché. Le « carnage » peut commencer. C'est au tour de Lucy, elle se risque sur le succès de Cookie Dingler, « Femme libérée ». Son timbre de voix juste et généreux nous entraîne. Elle s'approprie les mots. Elle joue son rôle à la perfection. Je déteste chanter, ou plutôt, je connais mes limites vocales. Pour la faire brève, je n'ai aucun sens rythmique ni aucun talent : un cocktail détonnant. Sous l'exhortation générale, je prends mon courage à deux mains. J'ouvre le livret au hasard et tombe sur « Ma préférence », de Julien Clerc. Ça ne s'invente pas. Ma voix tremble. Les sons sortent difficilement. Je plonge mes yeux dans les siens. Nous sommes, elle et moi, seuls dans notre bulle. Le destin est en chemin. Le voisinage peste et vocifère, notre fiesta tourne court. Dehors, l'aube se pointe. Je fume une cigarette sur le balcon. La pluie a cessé. Lucy s'en va. Je ne veux pas la laisser partir. Alors que mes bonnes résolutions m'abandonnent, ma timidité s'accroche. Je l'embrasse du regard pour compenser mon mutisme. Peut-elle démasquer ces mots bloqués dans ma gorge ?

— Bon, eh bien, il ne pleut plus, le soleil va se lever, c'est peut-être le bon moment pour une balade à moto, non ?
— Euh…
— Oui ou non ?

Pour toute réponse, j'attrape mon blouson, le casque de François, et, tel un somnambule, j'emboîte le pas de Lucy, sous l'œil complice de mon ami. À trente-cinq ans et pour la première fois, je grimpe derrière une femme, sur une moto.

— T'as peur ?
— Je ne sais pas.
— Laisse-toi faire.

Un peu plus tard, à la terrasse d'une brasserie au pied de la butte Montmartre, nous apprenons à nous connaître. Elle est mystérieuse, dangereuse. Elle diffère de toutes ces actrices égoïstes et vaniteuses en quête de lumière et d'honneurs. Je lui raconte ma dernière victoire, mon arrivée dans le port de Salvador de Bahia. Le petit déjeuner frugal efface peu à peu les abus de la soirée. Mon désir pour elle croît de façon vertigineuse. Nous marchons côte à côte. J'aimerais lui prendre la main, comme dans les films. Elle me déconcerte, davantage encore, dans un numéro d'imitation stupéfiant. Cette fille est imprévisible. Un vrai don comique. Le soleil levant se reflète sur les pavés encore humides. Il fait froid mais je brûle de l'intérieur. Sur les marches du Sacré-Cœur, devant la basilique, Lucy me demande.

— C'est cliché, non ?
— Quoi ?
— Cet endroit, nous deux…
— Je sais pas… Moi, je trouve ça plutôt romantique.
— On ne va quand même s'embrasser sur les marches du Sacré-Cœur comme n'importe quels touristes.

Emporté par un brin d'insouciance et une folle attirance, je prends son visage entre mes mains. Je la contemple et pose mes lèvres sur sa bouche couleur cerise. À l'orée du 25 novembre 2006, les dés sont jetés. Nous échangeons notre premier baiser.

Lucy
La rencontre
2006

Je rentre de tournage et le retour à la réalité m'entraîne, comme toujours, dans un no man's land difficile mais nécessaire à ma «reconstruction». Incarner un rôle, travailler sur un film avec une équipe demande un investissement total. Pendant des semaines, nous partageons nos journées, souvent longues, de temps à autre nos nuits interminables, des moments forts, des instants de doute, des rires, des pleurs, aussi. Une page de notre histoire. Et puis vient la réplique de la dernière prise, de la dernière scène, tout le monde se réunit autour de vous, vous applaudit, et votre corps tout entier se relâche. L'émotion vous submerge. Les larmes surgissent, incontrôlables. Pour clore l'aventure, l'emblématique fête de fin de tournage. La parole se libère. On boit. On décompresse. On réinvente le film. On promet de se revoir même si nos chemins ne se croiseront sans doute plus. À l'image de la fin des grandes vacances lorsque nous étions enfants. Je n'aime pas m'attarder, refuse l'invasion de la nostalgie. Je clos les chapitres, éternellement prête à me laisser surprendre par les prochains. Cette fois, je quitte un personnage passionnant. Une histoire bien ficelée. Une équipe dévouée. Une belle expérience, en somme. L'atterrissage, en pleine nuit, seule dans mon appartement du 9e arrondissement de Paris n'en est que plus douloureux. Je me suis endormie épuisée. L'aube se manifestait.

Il est sept heures du matin et mes chers voisins ont choisi ce jour pour déménager. Les meubles traînent sur le parquet au-dessus de ma tête. Les portes claquent. Les voix, les pas résonnent dans l'escalier. Les cartons tombent. Un joyeux bordel. Je grogne. Attrape mes boules Quies et tente de me rendormir. Je tourne. Je vire, trop tard le mal est fait. Je garde mon calme malgré l'envie de les insulter. J'ouvre les volets. Il pleut. « Putain de journée ! »

Passage par la salle de bains, tête de déterrée. J'allume la sono, à côté de mon lit. David Guetta « Love Is Gone » retentit dans tout l'appartement et couvre le vacarme de ces rustres matinaux. Je me dirige vers la cuisine pour le petit déjeuner et reprends possession de mon chez-moi. En un peu plus d'un mois, j'ai perdu mes repères de célibataire autonome. Mon frigo reflète mon état psychologique, triste et vide. Je mets le lait à chauffer. Le téléphone sonne. Je me précipite dans la chambre, manque de glisser sur le parquet. Incroyable, l'effet d'une sonnerie de Blackberry sur l'être humain.

— Salut ma beauté, c'est Ana, comment ça va? Bien rentrée?

— Salut ma douce. Je déteste Paris.

— Oui, je sais... Comme souvent à la fin d'un film. Qu'est-ce que tu fais ce soir? Mon mari est absent, ma fille chez une copine et je vais à l'anniversaire de François.

— Hein... Hein...

— Non pas « Hein... Hein », je te rappelle que je suis mariée !

— Ouais, pas la meilleure idée que t'aies eue !

— C'est bon, Lucy ! Tu viens ?

— Je ne crois pas… Je suis rentrée cette nuit, j'ai pas dormi et, tu me connais, je suis toujours chiante après un tournage.

— Pourquoi après ? Toujours ça suffit !

— Oh, mais qu'est-ce que t'es drôle ! En grande forme à ce que je vois.

Odeur de brûlé, bruit pas très catholique, mon lait ! Je retourne en catastrophe dans la cuisine. Je glisse à nouveau. Le lait déborde, la plaque grésille. Y en a partout. « Journée de merde ! »

— Allô ? Allô ?

— Je te rappelle, Ana…

— On se retrouve directement chez lui. Je t'aime et va te faire masser !

La casserole échoue dans la poubelle et j'opte pour le plan B, breakfast royal chez « Jo ». Une brasserie à deux pas de chez moi.

Ma rencontre avec Ana remonte à nos années collège, notre rentrée en cinquième. Nous avons douze ans. Une amitié amoureuse, à la vie à la mort, comme souvent à cet âge. Elle est blonde, je suis brune ; elle est petite, je suis grande ; elle est jolie, je suis sexy ; elle prend tout au sérieux, moi tout à la légère. Deux opposés que tout attire. Nous partageons notre temps libre et passons nos week-ends chez ses parents. Nous rêvons d'un futur hors du commun paré d'un succès absolu. Elle s'imagine devant la caméra, moi derrière. Dès que nos finances nous le permettent, nous traînons des journées entières dans les salles obscures. Des grands classiques aux derniers blockbusters, nous dévorons des kilomètres de pellicule. De retour, dans la chambre d'Ana, nous débattons durant des heures sur tel plan, telle scène, telle actrice. Nous inventons nos histoires, nos personnages, et nous déguisons pour donner vie à nos scénarios. Souvent, je surprends Ana devant le miroir. Elle travaille sa diction, ses intonations, ses mimiques. Elle est douée. On nous présente comme les deux inséparables. Liées par un lien indéfectible.

Le bac en poche, Ana se lance avec passion dans le théâtre. Elle intègre une école réputée et ses parents lui donnent deux ans, tous frais payés, pour faire ses preuves. En cas d'échec, elle devra envisager une autre carrière. Nous occupons un modeste studio dans le 18e arrondissement. De mon côté, je déniche un boulot de serveuse dans un bar « branché » pour payer ma part de loyer et mes cours de mise en scène. L'avenir nous sourit. Nous profitons pleinement de ces années d'insouciance.

À la fin de sa première année, Ana passe, avec le concours d'un de ses professeurs, un casting pour le rôle secondaire d'un téléfilm. À la suite d'essais prometteurs, le réalisateur souhaite organiser un « call back ». Elles ne sont plus que trois en lice. La veille de son rendez-vous, et même une bonne partie de la nuit, Ana apprend son texte, répète sa gestuelle jusqu'à épuisement. Elle ne veut pas avoir de regrets, ni rater sa chance. Je lui donne la réplique, la rassure et, de temps en temps, la dirige dans son jeu. Le jour J, je l'accompagne pour la soutenir jusqu'au bout. À l'époque, je sillonnais les rues de Paris sur un scooter tout pourri capable de me trimballer grâce au génie d'un copain mécanicien. Je fume clope sur clope dans la cour en l'attendant. Lorsqu'elle sort de son rendez-vous, elle me présente au réalisateur et à la directrice de casting. Ils cherchent parallèlement le rôle principal de ce même projet. Le producteur souhaite ce qu'on appelle un «petit nom», mais on insiste pour me faire passer les essais. Mon compte en banque crie furieusement famine, alors, devant les encouragements de mon amie, je n'hésite pas longtemps. Je n'y croyais pas et pourtant… Je décroche le rôle principal. Ana restait sur le carreau et ma carrière d'actrice débutait. Sur un concours de circonstances.

Quatorze ans plus tard, Ana a troqué son costume de scène pour celui de pédopsychiatre. Mariée à un connard, elle élève une adorable fillette de huit ans, Stella, dont je suis la marraine. De mon côté, j'enchaîne les rôles pour la télévision et le théâtre. Je suis célibataire et sans enfant. Aucun homme n'a retenu mon attention plus de deux mois. J'ai beaucoup flirté, rarement baisé, et encore moins tenté de construire la moindre relation sereine et durable. Je ne refuse pas le grand amour, mais ne le cherche pas non plus, et puis, surtout, j'ai Ana. Nos destins s'entremêlent, se démêlent et nous restons éternellement inséparables. Mon existence sans elle n'aurait aucun sens. Elle est mon point d'ancrage, mon unique famille.

La journée continue dans la même énergie négative. Je remonte chez moi, le ventre plein, les bras chargés de courses. J'ouvre mon courrier : lettres de rappel et factures diverses. Suzanne, mon agent, m'a laissé trois messages en l'espace de deux heures :

« Ma chérie, j'espère que tu es bien rentrée. Ça devient DIFFICILE de te joindre. Tu sais qu'il est possible d'effacer les quatre-vingt-dix messages stockés sur ton portable ! Ce qui m'éviterait de te HARCELER chez toi sans savoir où tu te trouves géographiquement ! Bon, ma chérie, je dois te parler de TOUTE urgence d'un projet que tu ne peux ABSOLUMENT pas refuser. J'attends ton appel. Bisous, bisous. »

« C'est encore moi, ma chérie ! Je te rappelle mon numéro de portable, sait-on JAMAIS, tu nous en as déjà perdu trois cette année ! 06... Bisous, bisous. »

« Bon, Lucy, J'ATTENDS ton appel. Je m'inquiète, il est NÉCESSAIRE, que dis-je, VITAL que nous puissions nous voir aujourd'hui ! Je compte sur toi, ne me rappelle pas la semaine prochaine ce sera TROP TARD et on ne peut pas passer à côté de ce projet FANTASTIQUE ! »

Ah, je ne suis plus la « chérie » de Suzanne, je redeviens Lucy. Elle est en colère. Un vrai couple. Besoin d'une douche. L'eau chaude se fait désirer. Je grogne. Je sors de la baignoire, glisse sur le carrelage humide et me rattrape de justesse au porte-serviettes qui s'arrache du mur. « J'aurais peut-être dû rester au lit, en fait ! » Le chauffe-eau a mal supporté mon absence et ne fonctionne plus. Il est peut-être le seul à qui j'ai manqué ! J'appuie sur le bouton « marche forcée », et tout l'appartement se retrouve dans le noir. « Putain de journée de merde ! » Je me lave à l'eau froide, en maugréant. J'enfile un jogging, un tee-shirt informe et une vieille paire de Converse trouée. Ma tenue favorite des week-ends pluvieux. Je téléphone à un électricien, lui raconte mes malheurs et imagine déjà le montant de la facture. Il s'engage à passer chez moi avant ce soir.

Trop gentil ! J'appelle Suzanne dans la foulée. Nous convenons d'un rendez-vous dans son quartier. Elle déteste le mien. Pourtant, le 9ᵉ, il y a pire, non ?

Avant de partir, je m'arrête chez Paloma, la gardienne de mon immeuble et de mes états d'âme, pour l'informer du passage de l'électricien.

— Tou m'as manquée ma toute belle ! Y'ai vou la rediffusion d'un de tes films la semaine dernière tou étais parfaite comme touyours, mais dis-moi tou a beaucoup maigri non ? Il faut faire attention à toi, hein… Y'aime pas quand tou es trrrop maigrrre.

Paloma, petit bout de femme dodue aux cheveux longs et noirs, le regard enfantin, en permanence prête à rendre service. Je peux débarquer, dans sa loge, n'importe quand, à n'importe quelle heure. À l'image de cette nuit glacée de l'hiver dernier où le pathétique avait pris l'ascendant sur toute forme de dignité. Un jeune comédien, bouffé par l'ambition, venait de me larguer comme une « merde », pour les bras d'une réalisatrice en vogue. L'histoire n'avait pas grande importance, mais mon ego se rebiffait, blessé dans son amour-propre. Je traînais mon désespoir et décidais d'aller noyer mon chagrin avec Ana, dans un bar près de chez elle. Beaucoup plus tard, ivre morte, je montai dans le premier taxi. Je parvins à rejoindre la porte cochère de mon immeuble dont le code s'était perdu dans les limbes. Sainte Paloma me découvrit, à l'aube, assise sur le trottoir, dans un piètre état, l'estomac au bord des lèvres. Elle me borda dans son lit et me dorlota quelques jours. Secrète sur sa vie, j'avais appris par hasard la mort de son fils unique et de son mari dans un tragique accident de voiture, deux ans avant son arrivée en France. Là où d'autres auraient été rongées par l'aigreur du chagrin, Paloma ouvrait ses bras et son cœur à qui les sollicitait.

Avec une demi-heure de retard, j'arrive dans le 16e arrondissement, place du Trocadéro. J'ai troqué ma moto pour le métro qui tourne au ralenti. Il pleut sans relâche, de ce crachin quasi londonien qui vous gèle le sang. Je retrouve mon agent pendu au téléphone. Elle me fusille du regard et m'invite à m'asseoir. Elle vocifère contre un producteur, ses paroles dépassent sa pensée. Je l'observe, amusée devant tant d'énergie gaspillée.

Suzanne, la cinquantaine, fait partie de ces femmes qui ne laissent personne indifférent. Elle mesure environ un mètre soixante-quinze, et plus d'un mètre quatre-vingt-cinq perchée sur ses Louboutin de douze centimètres. Sa bouche est énorme. Ses seins tiennent tout seuls. Sa tignasse blonde est remontée en chignon savamment défait et son maquillage impeccable, quelle que soit l'heure. Elle maîtrise parfaitement les codes de la mode. Elle n'hésite pas à marier une pièce de Jean-Paul Gaultier avec l'éternelle petite veste noire créée par Coco Chanel. Jamais vulgaire, infiniment sexy. Ses arrivées attirent les regards féminins et masculins. Le cœur sur la main, elle rit fort, parle fort. Sa bonne humeur devrait être remboursée par la sécurité sociale. Elle a ses entrées dans tous les lieux branchés de la capitale. Elle partage sa vie depuis cinq ans avec Julien, un jeune acteur renommé, taciturne et intrigant. Suzanne est aux antipodes de ce que je suis, de mon cercle amical, mais demeure un agent redoutable.

— Ma chérie, tu as une tête de DÉTERRÉE ! Et puis alors, cette tenue ! Tu pourrais faire un effort. On dirait une gamine en pleine CRISE existentielle !

— Salut Suzanne, moi aussi je suis contente de te voir.

— Alors, ce tournage ? Pas trop épuisant ? Il paraît que tu es FANTASTIQUE ! C'est bon pour toi, ça ! C'est bon pour nous ! Alors voilà, je ne vais pas te faire perdre ton temps, nous avons une proposition, un six fois quatre-vingt-dix minutes avec le rôle principal. Une sorte de saga de l'été TRÈS BIEN écrite. Un rôle sexy qui mettrait ton magnifique physique en avant… Le producteur… bla-bla-bla...

J'écoute ses arguments pendant plus d'un quart d'heure. Elle me fascine. Elle est prête à tout pour me convaincre. Elle-même persuadée de tenir le projet du siècle.

— Alors ? Tu en penses quoi, ma chérie ? MAGNIFIQUE, non ?

— Sûrement…

— Comment ça, sûrement ?

— Je suis désolée Suzanne, mais je n'ai pas envie.

— Comment ça, tu n'as pas envie ? Tu PLAISANTES, ma chérie ?

— Non, non, pas du tout. Je me suis engagée pour un stage de mise en scène, le mois prochain. J'en ai marre de faire l'actrice. J'ai vraiment envie de réaliser.

Je lis sur son visage tiré à quatre épingles, avec ses sourcils figés et ses lèvres tant bien que mal crispées, toute sa déception. Depuis mes débuts, ma carrière s'apparente à une suite d'opportunités sans préméditation. Le feeling me porte en fonction des propositions. Je ne me voyais pas actrice. C'était le rêve d'Ana. J'aspirais à autre chose, et mon désir reste brûlant. Ma secrète ambition serait d'écrire et de réaliser un long-métrage pour et avec Juliette Binoche. Tout, chez elle, m'inspire. Au-delà de sa beauté singulière, elle est la quintessence de l'artiste. Ses choix, ses rôles, ses paroles, ses engagements me semblent en parfaite harmonie avec ce qu'elle dégage. Juliette possède le talent pour incarner les personnages les plus romanesques et donner chair, avec brio, aux plus insignifiants. Je l'imagine dans le tourbillon de la vie, jouer, danser, chanter, peindre, oser. À n'en pas douter, Juliette est une âme délicate.

Depuis mon plus jeune âge, les âmes vertueuses me troublent. «L'esprit n'a jamais produit que de jolies choses, tout ce qui est véritablement beau vient de l'âme.» Je les devine. Elles rayonnent par un regard, une voix, un sourire. C'est émouvant de rencontrer une «belle personne». De nos jours, on n'aide pas les enfants à devenir plus gentils, plus tolérants, plus intelligents. Non, on les pousse à être plus forts, plus méchants, plus pervers, quitte à écraser leurs camarades. Les programmes réservés au jeune public, de la télé-réalité à certains talk-shows, ne proposent que sarcasme, agressivité, concurrence malveillante. L'image de la femme se détériore au travers de la vulgarité et bien souvent d'une beauté dépourvue de naturel. Les valeurs de respect, d'amour, trop souvent raillées, s'oublient peu à peu. La soif du profit au détriment de la moralité. L'orgueil au détriment de la spiritualité. Il ne fait pas bon, aujourd'hui, être tout simplement bienveillant. Et je ne suis pas sûre que les mentalités s'arrangeront avec les années.

Suzanne ne lâche rien :

— C'est une opportunité FANTASTIQUE, des conditions financières EXTRAORDINAIRES, une exposition médiatique FABULEUSE…

Et nous voilà reparties pour une tirade de superlatifs destinés à me persuader. Suzanne l'inépuisable. Notre entrevue se prolonge jusqu'à dix-huit heures. Je n'écoute plus et la regarde se débattre telle une guêpe prise au piège. Elle m'épuise. Je campe sur ma position. Suzanne, au bord de la crise de nerfs, me supplie, littéralement, de lire les scénarios avant toute réponse définitive. Afin de reconquérir ma liberté, j'obtempère. Nous sortons de la brasserie. Il pleut encore. Une embrassade humide, et je regarde Suzanne courir sous son parapluie avec ses éternels talons. Elle ne glisse pas, ne se tord pas la cheville, grande classe. Cette femme est une extraterrestre. Elle s'assoit dans sa Fiat 500, m'envoie un baiser de la main et s'évapore dans les artères bouillonnantes. Je suis trempée, mes cheveux ruissellent, ma veste dégouline, mes pieds baignent dans une flaque. Je vais être malade. J'ai l'air de tout sauf d'une actrice, sur ce trottoir parisien. Je me précipite dans le métro et prie pour que l'électricien ait pu réparer mon chauffe-eau. Je ne rêve que d'un bain brûlant.

Mes espoirs s'envolent rapidement. L'antihéros de la journée, plein de bonne volonté, ne peut intervenir sans l'aide d'un plombier. Nous sommes samedi, presque dix-neuf heures, et tout le monde est en week-end. Même à Paris, ville où l'on peut manger, boire, faire ses courses à n'importe quelle heure du jour ou de la nuit, les plombiers sont injoignables. Nico, le faux superman, me promet de revenir après le passage de son confrère dont il me donne les coordonnées. La facture croît de minute en minute et pas l'ombre d'une goutte d'eau chaude. Je lui signe un autographe. Il est tout content, et moi, au bout de ma vie. Paloma me suggère un crochet par son logement de fonctions pour une douche réparatrice et un thé à la cannelle réconfortant. Il est vingt heures et je retrouve enfin mes pénates. J'écoute les messages sur mon répondeur, mon portable est définitivement HS. D'abord, ma belle Ana :

« Je t'en supplie ne me lâche pas ! J'ai besoin de toi, de te voir, ça fait trop longtemps ! Tu me manques ! »

Ensuite, mon agent :

« Ma CHÉRIE, je te fais parvenir par coursier dès lundi les quatre premiers textes... J'attends ton retour. Prends ton temps ! Enfin, PAS TROP quand même ! Bisous, bisous. »

Je me sers un verre de blanc et me vautre sur le canapé. Je m'allume une cigarette tout en faisant le constat de cette première journée dans la « vraie » vie, pour le moins lamentable. Je détaille mon appartement. Bel investissement réalisé grâce à mes premiers cachets. Avec la flambée des prix de ces dix dernières années, sa valeur a triplé. Je cherchais sans chercher convaincue que le moment viendrait. C'était un dimanche matin, je partais pour mon footing quotidien. En passant devant une agence immobilière, ma curiosité fut attirée par un bien correspondant à mes attentes. J'entraperçus quelqu'un. J'osais taper, on m'ouvrit. Trente minutes plus tard, je visitais l'appartement et signais le compromis dans la semaine. Un véritable coup de cœur pour ce trois pièces dans son jus. Du parquet au sol, des moulures en forme d'anges aux plafonds, des cheminées en marbre dans chaque pièce, une sublime terrasse sur les toits. Dès les premiers rayons de soleil, je me prélasse sur une chaise longue au milieu de mes plantations. Un havre de paix en plein centre de Paris. Au fil du temps, j'ai entrepris quelques travaux en fonction de mes revenus. La cuisine en granit anthracite avec son îlot central apporte une touche de modernité à mon cocon. La chambre, avec sa salle de bains ouverte, grande et spacieuse, reste la pièce la plus agréable.

Il est vingt et une heures, je végète dans mon lit, abrutie par la télé, incapable de trouver le sommeil. Je culpabilise, Ana m'attend. Je me décide à bouger mes fesses. Il pleut, pour changer un peu. J'enfile un jean noir, un cachemire col V de la même couleur, me maquille légèrement et me parfume. Je ressors mes bottes de moto et mon blouson en cuir. J'attrape mon casque, mes clefs et claque la porte. Je grimpe sur ma Triumph « Bonneville » toute neuve, garée sagement dans son box. En chemin, un abruti tourne sans mettre son clignotant. Je freine, l'insulte. C'était moins une. Quinze minutes plus tard, j'attache l'antivol de ma bécane au pied de l'immeuble de François.

Je sonne. La porte s'ouvre. Je suis trempée jusqu'aux os. Je râle et le découvre. Ses cheveux trop longs, sa barbe en bataille, le regard profond d'un sage, le corps imposant, pas du tout mon genre mais une furieuse envie de me blottir dans ses bras. Il est intimidé. J'entre. Je retire mes bottes et mes chaussettes noyées par les trombes d'eau. J'attrape toujours froid par les pieds. Il me tend la main, grande, pas trop large, rassurante. Il s'appelle Charly. Je lui fais la bise. Il est troublé. J'aime l'odeur de sa peau. Je n'entends pas ce qu'il me dit, mes phéromones s'emballent. Mon cœur bat trop vite. Il s'efface pour libérer le chemin, sans mater mon cul au passage. J'apprécie. Au milieu des inconnus, je retrouve Ana. Elle est fatiguée. Elle a vieilli d'un coup. Ces derniers temps, sa vie prend des chemins de traverse compliqués. Son mari est odieux, irrespectueux. Elle refuse de le quitter pour préserver l'équilibre de leur fille. Je ne supporte pas de la voir malheureuse. Cet homme ne mérite pas l'amour d'Ana. Je le savais. Elle n'a rien voulu entendre et maintenant elle souffre. Elle me tombe dans les bras.

— J'avais peur que tu me lâches !
— Je t'ai déjà laissée tomber une seule fois en vingt ans ?

Je salue les visages familiers et François me présente aux inconnus.

— Ravi de vous rencontrer ! J'adore ce que vous faites.
— Merci beaucoup…
— J'ai vu votre dernière pièce, vous y étiez remarquable.
— Merci beaucoup…

Ma notoriété encourage les gens vers des comportements surfaits, mais généralement affectueux. Je tente de garder mon naturel, les compliments me mettent mal à l'aise. Dans quelques minutes, la soirée reprendra son cours comme si de rien n'était. Ana et moi nous installons sur le sofa pour le bilan de ces dernières semaines. Au retour du Bel Inconnu dans le salon, je demande :

— Qui c'est, ce Charly ?
— Oh, oh !, qu'est-ce qui se passe ?

— Ben rien, je me renseigne.

— C'est tellement rare qu'un homme trouve grâce à tes yeux.

— Grâce à mes yeux ! Tout de suite les grands mots ! On n'en est pas là ! Je ne le connais même pas… C'est juste qu'il a l'air… différent…

— Qu'est-ce qui te fait dire ça ?

— J'en sais rien… Mon instinct… Non, non, non, son regard…

— C'est un ami d'enfance de François… Un navigateur…

— Ah, voilà, je me disais aussi… Son visage…

On mange, on boit. À plusieurs reprises, Charly et moi nous sourions. Il ressemble à un enfant, tellement naturel. J'aime le sentir me détailler lorsque je danse. Pour le gâteau, je me retrouve échouée entre lui et Ana. La chaleur de son corps me perturbe. Mon ventre se contracte à chaque frôlement. Un peu plus tard dans la soirée, je propose un tournoi de backgammon. Charly et moi sommes en finale. Je ne parviens pas détacher mes yeux de cet individu unique en son genre. Nos regards s'accrochent. Mes pensées disjonctent… un peu comme mon appartement. Un choc physique. Une attirance envoûtante. Une brûlure intense. Merveilleuse douleur. Ivresse d'un soir ou histoire d'une vie ?

Cet homme timide, limite autiste, me bouleverse durant un karaoké improvisé. Je l'encourage de mon mieux. Nous ne faisons plus qu'un. J'ignore tout de ce sentiment fulgurant. À l'aube, je le retrouve sur le balcon. Je ne veux pas m'éloigner de lui. Il reste mutique. Il semble vouloir me dire une multitude de mots mais ses lèvres, gercées par le vent, demeurent muettes. À quoi pense-t-il ? Que dois-je faire ?

Je lui propose une balade à moto. Au pied du Sacré-Cœur, ses lèvres se posent sur les miennes avec délicatesse. Chacun de ses gestes, chacune de ses paroles me font perdre le contrôle. Lorsque les mots se tarissent, le trouble se prolonge. Impossible de se quitter. Une complétude absolue, la mystérieuse pièce manquante du puzzle de ma vie.

Nous rentrons chez moi, tout est évidence. Je ferme la porte, il me plaque contre le mur, se colle à moi. Je ne résiste pas. Il prend ma bouche avec force. Ses dents mordillent mes lèvres. Je suis au bord de l'implosion. Ses mains de plus en plus merveilleuses, parcelles de féminité dans ce corps si viril, caressent mes seins durcis. Il frotte son sexe gorgé de désir contre mon bas-ventre. Je lèche la peau encore salée de son torse et lui retire son tee-shirt. Il me soulève. J'enroule mes jambes autour de sa taille. Il me porte jusqu'au canapé. Je ne peux m'empêcher de gémir lorsque ses doigts cherchent mon entrejambe trempé de ma sève. Nos caresses n'en finissent plus. Mon excitation arrive à son paroxysme. Il me demande de l'attendre. Il veut prendre son temps, me rendre folle. Alors, il recommence lentement, effleure mes fesses, mon dos se cambre. Sa bouche se promène le long de mon cou, attrape mon oreille. Mes mains trouvent son sexe plus dur encore. Il me retourne et ma tête descend le long de son ventre pour le cueillir à pleine bouche. J'aime son ardeur. J'ai l'impression de le connaître, de savoir ce qu'il aime. Brusquement, il me relève, il n'en peut plus et me possède comme jamais personne ne l'a encore fait. Notre jouissance commune sublime cette soirée inoubliable. Nous restons une éternité l'un dans l'autre. Sentiment de bonheur absolu.

Charly
Comme une évidence
2006

Lucy dort aux creux de mes bras. Je l'observe, innocente, juste magnifique. Son épaule dénudée dévoile un papillon aux couleurs de l'arc-en-ciel. Elle ouvre les yeux. Je n'ose bouger. Elle m'envisage, surprise de me voir là, semble-t-il. Un sourire se dessine et illumine son visage. Je sais déjà que je ne pourrais plus imaginer ma vie sans cette femme. Elle plante son regard dans le mien :

— Je ne sais pas comment on fait.
— Moi non plus.

D'une caresse, j'efface les timides ruisseaux d'eau salée qui coulent sur ses joues.

— Excuse-moi, ce doit être la fatigue.
— Ne t'excuse pas… Jamais… Tu es si belle.

Elle embrasse mes mains et saute du lit, pour mieux cacher son émotion. Elle est déjà loin quand elle me lance :

— Fais comme chez toi !

Je m'étire et plonge mon nez dans son oreiller, respire son odeur. J'ai besoin de me rafraîchir afin de recouvrer un tant soit peu de lucidité. Je l'entends de la cuisine :

— Désolée, y a pas d'eau chaude jusqu'à demain… Enfin, si tout va bien !

La douche est rapide et pour le moins vivifiante. J'entre dans son intimité, brosses à cheveux, brosse à dents, maquillage, crèmes de beauté. Des étagères qui débordent. Joyeux bordel. Je noue une serviette autour de la taille avant de la rejoindre. J'observe son antre. Des Post-it collés partout, des photos dans le couloir, peu d'elle, une succession d'images en noir et blanc ou en couleurs, des instants pris sur le vif, des visages impassibles, joyeux ou figés. Une immense vidéothèque garnie de comédies romantiques, de grands classiques ou encore de polars. Dans le salon, nos vêtements jonchent le sol. Je les range sur le dossier d'un fauteuil. Je me sens libre d'aimer, de prendre ce chemin. Je la retrouve dans la cuisine. Elle est en petite culotte. Délicieuse apparition. Je me faufile derrière elle et embrasse sa nuque.

— Je peux vous aider, mademoiselle ?
— Va sur la terrasse, j'arrive.

La pluie a cédé la place au soleil automnal qui illumine la pièce. J'enfile mon jean, mon pull, avant de me poser sur le fauteuil en rotin. J'allume une cigarette et savoure chaque seconde du cadeau que m'offre le destin. Vêtue d'un sweat et d'un bas de jogging, elle dépose un plateau sur la table. Ses yeux me troublent. Je cherche à comprendre l'inexplicable. Elle ne dit rien. Elle ne redoute pas le silence. Elle attend... Quoi ? Nul ne sait.

— Je suis heureuse.
— Moi aussi.

Je porte ses mains à mes lèvres. Elle sourit.

— Parle-moi de ta passion pour la mer.

Je lui raconte ma vie, habité d'une exaltation inconnue. D'ordinaire si réservé, je parle de moi sans complexe. Elle boit chacune de mes paroles, me questionne, rebondit sur mes réponses. Sa curiosité m'amuse. Sa sensibilité me touche.

— Et toi ? Parle-moi de toi ! D'où viens-tu ? Tes parents ? Ton enfance ? Où es-tu née ?

Elle boit une gorgée de thé, pose sa tasse, me dévisage jusqu'à me rendre mal à l'aise. Elle réfléchit et me lance :

— Pourquoi veux-tu savoir tout ça ?
— Euh... Ben, je ne sais pas... Pour apprendre à te connaître.
— Tu crois qu'on connaît mieux quelqu'un parce qu'on sait d'où il vient, où il est né ou encore qui sont ses parents ?
— Ben... Un peu quand même, non ?
— C'est notre éducation qui veut ça. Le seul moyen de connaître une personne est de l'observer au quotidien, de vivre avec elle.
— On est tous plus ou moins façonnés par notre passé.

— Sûrement, mais le passé n'existe plus. Le futur n'est qu'une projection. L'important c'est maintenant, ce que l'on partage, ce que l'on ressent. Je souhaite te découvrir mais je me moque de ton passé, de savoir si tu as déjà aimé, si tu as vécu avec une femme ou un homme, si tes parents étaient gentils ou méchants avec toi, si tu as fait des conneries, si tu as des regrets, des remords…

— Waouh!… En même temps, ce sont mes histoires d'amour, mes expériences, mes échecs, mon éducation, mon parcours qui font de moi ce que je suis aujourd'hui.

— Si je te disais que mon enfance n'a été que souffrances, traumatismes, que je n'ai rencontré que des connards jusqu'à ce jour, que penserais-tu de moi?

— …

— Tu éprouverais de l'empathie ou peut-être même de la pitié. Ou pire encore peut-être que tu aurais peur, et notre relation serait déjà tronquée. Demande-moi plutôt si je suis heureuse d'être une femme? Si je suis capable d'épouser un mec pour son fric? Si j'aime faire l'amour à plusieurs? Pour qui je vote? En quoi je crois? Qui est mon superhéros préféré?

Lucy me bouscule. Elle se lève, s'installe sur mes genoux. J'ai envie d'elle.

— OK… En quoi crois-tu?

— En quelque chose de plus grand que nous. En la vie. Je ne me sens jamais obligée de quoi que ce soit, en revanche je ne trahis jamais mes convictions.

— Qui est ton superhéros préféré?

— Mandela!

— Il n'a pas de superpouvoirs!

— Tu connais beaucoup d'hommes capables de ne nourrir aucun sentiment de violence ni de vengeance malgré un emprisonnement de vingt-sept ans dans des conditions souvent déplorables, avec pour seule ambition de poursuivre son combat pour libérer son peuple, jusqu'à sa mort ?

— Oui, enfin, tu oublies qu'avant d'adhérer à la doctrine de Gandhi, il a tout de même créé la branche militaire de l'ANC…

— Il a toujours nié… Mais je te l'accorde, il n'est pas blanc comme neige, sans faire de mauvais jeu de mots ! Mais connais-tu un seul homme politique qui n'a rien à se reprocher ?

— Pour qui tu votes ?

— Ça, c'est une bonne question ! Est-ce que la réponse serait rédhibitoire ?

— J'en sais rien…

— J'ai été férue de politique, mais les choses évoluent…

Trop d'intérêts, de magouilles, d'argent. La politique ne devrait pas être un métier. Qui gère le monde aujourd'hui ? Les présidents de la République ? Rien du tout ! Ils ne se battent plus pour des idéaux, mais pour le pouvoir, pour le fric… Et nous, on a peur de perdre notre place, alors on ne bouge pas trop. On ne fait pas trop de bruit. D'un côté on nous donne juste ce qu'il faut pour ne pas trop éveiller les consciences. On taxe ici et là, sans trop toucher au frigo du peuple. De l'autre côté, on nous fait peur et on nous assiste. Tout tient à un fil. Pour l'instant, il résiste, mais pour combien de temps encore ? Tout compte fait, nos hommes politiques n'ont que très peu de pouvoir à part celui de « tranquilliser », à coups de promesses, les lobbies avec lesquels ils seront obligés de composer.

Tu verras, bientôt on ne votera plus pour un candidat ou un parti mais contre un homme… Et ce sera la fin de la politique…

La discussion, captivante, part dans tous les sens, à l'image de cette femme singulière. Lucy s'enthousiasme pour de multiples causes, ses prises de position sont tranchantes et je tombe raide dingue. Aucun ballet amoureux, mais un choc frontal dévastateur. Elle est fantasque, sans être dérangée. Elle est autre, sans être insaisissable.

Nous passons trois jours en tête à tête, coupés de la réalité. Hormis la visite du plombier et de l'électricien, le monde extérieur n'existe plus. Nous attendions cette rencontre depuis si longtemps, sans le savoir. Nous nous espérions. L'alchimie de nos peaux, de nos odeurs. Lucy est une idéaliste, elle vit au jour le jour. Elle savoure chaque instant que la vie lui procure. Elle élude son passé pour mieux se concentrer sur le présent :

— Je suis ici et maintenant avec toi et il n'y a absolument rien que je désire changer.

Elle ne cherche pas à être mystérieuse. Elle est ainsi faite. Elle connaît l'inconstance et la fragilité de la vie. Est-il possible de rencontrer son double au féminin ?

Lucy
Comme une évidence
2006

Une parenthèse enchantée. Je m'enivre de cet homme sans chercher à comprendre ce qui se trame. Je l'écoute se livrer et soupçonne que ce n'est pas son genre. Il n'est pas dans la séduction. Il ne joue pas un rôle. Charly est réservé sans être autiste, drôle sans être comique.

— Pourquoi un homme comme toi est-il encore célibataire à plus de trente ans ?

— La mer, mon bateau, mes courses, mes absences. Une vie différente… Toi… Je t'attendais, j'imagine.

Ses dernières paroles tapent contre les parois de mon cœur. Avec un autre, elles me feraient prendre les jambes à mon cou ou inventer un rendez-vous dominical urgentissime. Avec lui, la fuite n'est pas à l'ordre du jour, sa sincérité sans complaisance me rassure. La navigation est sa raison d'être. Une femme peut-elle s'arranger de voir l'homme qu'elle aime partir, revenir, risquer sa vie ? Une amoureuse a-t-elle le droit d'empêcher son amoureux de vivre sa passion ? Peut-elle le partager avec l'immensité ? Au fond, qu'est-ce que l'amour ? Un saut dans le vide, vers l'inconnu… L'attachement donne-t-il des droits, des exigences, des privilèges sur l'être convoité? Respecter son compagnon dans ses actes, l'accompagner dans ses passions, le soutenir nous font-ils l'aimer? Doit-on s'empêcher de se lancer corps et âme pour ne pas souffrir? Nous conversons, échangeons, rions sur la vie, nos idées, sur lui et, inévitablement, sur moi… Je brouille les pistes. Dois-je lui raconter, me livrer? Qui est-il? On ne se connaît pas… Mon histoire familiale se compare à un champ de bataille. Les blessures invisibles scarifient mon âme tout en s'endormant peu à peu. Si on les laisse tranquilles, les souvenirs douloureux s'effacent. Le passé doit rester le passé. Le mien ne regarde personne. Aujourd'hui, je suis légère, telle une plume, gaie tel un pinson, éprise à l'instar de Madame Bovary. Je ne déroge pas à ma philosophie et profite de la vie, au jour le jour, sans passé ni futur. A-t-il compris? Peut-être. J'enchaîne sur mes combats, ma vision du monde, la politique.

Pendant trois jours, nous nous offrons l'un à l'autre, faisons l'amour encore et encore, jamais rassasiés. Une caresse, un regard et l'éruption jusqu'à l'épuisement. Je savoure chaque parcelle de son corps. Il redoute le moment de la séparation, le retour à la réalité. Je le réconforte. Il craint le réveil brutal comme après un shoot d'adrénaline. Je lui rappelle que ses peurs l'empêchent de profiter pleinement de moi, de nous.

— Est-il possible de vivre éternellement dans l'instant?

— On n'a pas le choix, Charly! Les gens passent leur vie à disséquer leur passé pour comprendre le présent, à appréhender l'avenir pour tenter de le maîtriser… tout n'est que futilité… Ils en oublient l'importance de vivre. Lorsque tu es sur ton bateau, comment s'écoulent les jours? J'imagine que tu perds cette notion du temps inventée par l'homme, n'est-ce pas? Peut-être même est-ce la raison de ton amour inconditionnel pour la mer…

Mercredi matin, nous sommes rattrapés par nos obligations. Il a rendez-vous avec un sponsor. Je dois donner ma réponse à Suzanne. Alléluia ! L'eau chaude fait son retour. Une douche coquine, et l'heure de la séparation sonne :

— Je n'ai pas envie de partir.
— Je n'ai pas envie que tu partes.
— Tu me manques déjà.

Il me prend dans ses bras. Je colle mon nez dans son cou. Qu'est-ce que j'aime son odeur. Ses mains caressent mes cheveux. Sa bouche cherche la mienne. Je le repousse délicatement. Il quitte l'appartement sans se retourner. Il descend par les escaliers. Trop dangereux d'attendre l'ascenseur. Je le guette par la fenêtre. Il apparaît essoufflé, lève la tête :

— Je n'ai pas ton numéro !
— Moi non plus !
— Je t'attends ici.
— Je reviens vite.

Je lui envoie un dernier baiser. Des passants, touchés par la scène, sourient. Il part au pas de course. Je le regarde s'éloigner jusqu'à ce qu'il disparaisse au coin de la rue. Il fait beau et une multitude de joyeuses questions envahissent mon esprit. Pourquoi maintenant? Pourquoi lui? Pourquoi moi? Qui sommes-nous? Que doit-on attendre de la vie? Les belles histoires sont-elles à la portée de tous?

Est-ce le hasard ? La chance ? La fatalité ? L'insaisissable est tout autour de nous avec ses rencontres singulières tissées d'inattendu. Je m'abandonne et accepte l'incertitude. Je connais le prix des désillusions tout en croyant au miracle. Ma mère était le mur contre lequel je me fracassais et qui m'empêchait de croire en l'amour. Je n'avais pas su gagner le sien, alors, à quoi bon lutter pour celui d'autrui. Mais rien n'est jamais figé ni définitif, tel le mouvement d'une rivière. Lâchez prise et le miracle aura lieu. Peu importe demain, peu importent les risques, le prix à payer, je veux vivre et aimer…

La vie tout simplement

Charly et Lucy partageaient leur vie depuis sept mois. Leur relation s'enracinait peu à peu. Ils se découvraient encore et leurs attentes ne se trouvaient jamais déçues. Charly ne réalisait pas vraiment ce qui lui arrivait. Il voyait en elle son idéal féminin : un mec avec une paire de seins et touché par la grâce. La fascination de la jeune femme pour son homme n'autorisait aucun doute, aucun dérapage. Elle le transcendait. Lucy ne l'admirait pas, elle le portait aux nues. Elle n'attendait rien, ne demandait rien. Elle vivait pleinement cette aventure, avec cette capacité que peu de gens possèdent : faire abstraction de l'insignifiant. Quand ils étaient ensemble, rien ne pouvait venir la perturber. Elle allait à l'essentiel. Sa spontanéité, son émerveillement naïf faisaient d'elle un être rare. Elle ne cherchait pas à se cacher derrière une façade. Elle détenait le talent, la beauté, la réussite. Là où d'autres auraient perdu pied, elle demeurait pleine d'humilité. Elle s'emballait aussi bien pour un collier en bois déniché sur un marché perdu au fin fond de la Corrèze que pour une paire de boucles d'oreilles d'un joaillier de la place Vendôme. Et, par-dessus tout, elle l'aimait sans condition, acceptait ses aspérités, ses faiblesses, sans jugement. Avec elle, nul besoin de jouer.

— Je te manque ?
— Non.
— Même pas un peu ?
— Ben non... Je ne veux pas être en manque de toi. Je ne veux pas souffrir. Je t'aime trop pour ça. De quoi as-tu peur, Charly ?
— De te perdre...
— Ne laisse pas ton ego venir chatouiller ce que nous sommes en train de construire. Es-tu heureux ?
— Pleinement...
— Je t'aime, mon amour... Aie confiance en nous... En la vie...

De temps en temps, le sentiment que rien ne pouvait l'atteindre le déstabilisait. Sa philosophie tirée d'on ne sait quelle expérience tenait de la sagesse. Leur vie amoureuse s'organisait, malgré des agendas bien remplis. Il prenait la mer. Elle tournait dans la capitale. Il faisait des allers-retours sur Paris. Ils se retrouvaient dans l'appartement de Lucy, dans une brasserie ou dans un parc. Charly débarquait par surprise sur le plateau. Lucy l'avait interdit à ses amants passés mais, avec lui, c'était différent. Elle souhaitait tout partager. Il ne cherchait pas à exister au travers d'elle comme certains avaient essayé auparavant. Il respectait son travail, son espace. Il aimait la faire répéter, même si elle se moquait de son piètre talent d'acteur. Elle se passionnait pour ses projets de courses. Ils échangeaient sur tout. Les deux amants s'épanouissaient dans cette relation. Chacun sa vie, sans empiéter sur celle de l'autre, tout en restant fidèle et à l'écoute.

Lucy attendait ce qu'elle avait pensé ne jamais pouvoir accepter : les dimanches en pyjamas, les séances de lecture chacun d'un côté du lit avant de s'endormir. Ses tocs à elle, ses manies à lui, le bouchon de dentifrice abandonné sur la tablette de la salle de bains, la tasse oubliée dans l'évier.

C'est donc ça, la vie de couple? Se retrouver à la fin d'une journée de boulot sur le canapé autour d'un verre à discuter, à se chamailler? Se blottir dans les bras de l'homme qu'on aime pour se réchauffer? Partager le quotidien. Faire du banal du romanesque.

Vivre aux côtés de Lucy était une aventure avec son lot d'inattendus, à l'image de ce jour où elle était venue l'attendre à la fin d'une conférence de presse :

— Ne pose pas de questions, monte dans ce taxi, je t'enlève pour le week-end.

Quelques heures plus tard, ils se posaient sur le tarmac de l'aéroport Sainte-Catherine en Corse. En catimini, la jeune femme avait tout organisé. À dix-neuf heures, ils commandaient une bouteille de «clos venturi» et trinquaient à leur amour sur les hauteurs de Calvi, face à la citadelle rougie par le soleil couchant, au Relais & Châteaux «La Villa». La jeune femme connaissait bien ce havre de paix et de sérénité pour y avoir séjourné à plusieurs reprises avant de sympathiser avec les propriétaires. Elle avait succombé aux charmes de l'île de Beauté et s'y ressourçait dès que son agenda le lui permettait.

Lucy ne supportait pas de prévoir. Elle ne voulait pas d'une vie ordinaire et se donnait les moyens d'une vie d'exception, ne serait-ce que par sa liberté d'être. Charly l'enchantait.

Les amoureux grimpaient jusqu'à la chapelle de Notre-Dame de la Serra, site au panorama irréel, à l'énergie tellurique. Ils flânaient sur la plage de sable blanc face à la mer turquoise, pas encore envahie par les touristes. Leurs cœurs battaient à l'unisson. Elle chérissait ses éclats de rire. Il savourait ses joutes verbales et son sens de la dérision. Ni l'un ni l'autre ne se défiaient d'être lui-même.

Lorsque les yeux de Charly la déshabillaient, Lucy ne pouvait contenir son excitation. Incapables de résister à l'appel du désir, ils remontaient dans leur suite, à la décoration sobre et chaleureuse, pour un moment de communion parfaite. Il abusait de sa sensualité. Elle attendait ses mains brûlantes, sa langue curieuse. Elle s'offrait sans retenue à ses fantasmes. Il lui bandait les yeux afin d'éveiller ses sens. Elle crevait d'envie de le recevoir. Charly se libérait de tout complexe et s'abandonnait à cet être si vrai, si beau.

Il partait pour un nouveau challenge. Lucy l'attendait, l'imaginait à la barre de son bateau. Il devenait son héros discret. L'esthète, l'idéaliste voué non pas au désespoir mais né pour le bonheur absolu. Elle se surprenait à envisager l'avenir avec lui et, pourquoi pas, à devenir maman. Elle devinait les angoisses de Charly de ne rien connaître de son passé. Elle allait devoir se livrer. Elle pesait l'importance des mots, la justesse des sentiments, des émotions qu'elle devrait employer. Elle refusait de voir l'ombre de la tristesse sur ce visage qu'elle pouvait maintenant dessiner les yeux fermés.

Juillet 2007. Pour «fêter» leurs huit mois d'amour, Charly l'entraînait dans son fief, au cœur du Pays basque, à Saint-Jean-Pied-de-Port. Ses parents possédaient une splendide propriété sur les bords de la Nive. Héritage des grands-parents maternels. Sa mère, Marie, était artiste peintre. Son père, Joseph, un ancien marchand d'art. En plus de la demeure principale, deux maisonnettes, au charme local, ornaient l'immense parc fleuri. La première, imaginée et construite pour Charly, la seconde, pour sa sœur cadette, Amandine. La famille cohabitait tout en gardant son indépendance, aucune obligation, simplement la liberté d'aller et venir. Le frère et la sœur travaillaient ensemble. Amandine était mariée à David et maman de deux ravissantes fillettes, Clémence et Capucine. Chacun trépignait à l'idée de rencontrer celle qui avait apprivoisé le cœur du loup solitaire. Ils la connaissaient par le biais de la télé, au travers de ses différentes interviews. La notoriété de Charly les avait habitués aux dérives de la presse, aussi, ils ne nourrissaient aucun a priori. L'instinct maternel de Marie devinait l'attachement de son fils pour Lucy. Jusqu'à ce jour, les occasions avaient été rares. Incertitude des sentiments, fugacité des histoires. La donne s'avérait différente aujourd'hui.

Ils arrivèrent pour le déjeuner, un vendredi. Charly fit les présentations. Marie enlaça Lucy :

— Bienvenue chez nous, Lucy.
— Je suis ravie de vous rencontrer.

La journée s'écoulait dans la joie et la bonne humeur. Les rires, la complicité, des instantanés en couleurs. Souvenirs immuables. Charly observait la reine de son cœur. Comme à son ordinaire, elle rayonnait et s'adaptait. Elle semblait les connaître depuis toujours. Elle naviguait de l'un à l'autre, semblable à un poisson dans l'eau. Ils étaient curieux. Elle répondait avec simplicité. Charly les avait prévenus : aucune indiscrétion sur son passé. En plus de son enfance, dont Lucy ne disait mot, elle s'obstinait à ne rien dévoiler de sa vie d'avant. Ce mystère, ce manque d'images, d'anecdotes sur l'histoire de la femme qu'il aimait jetaient le trouble, brouillaient son bonheur.

Lucy
Un peu de moi…
2007

Ma grand-mère, Madeleine, Mado pour les intimes, me répétait souvent : « Si tu dis non à la vie, tu te fermes à de nombreuses possibilités. »

Au fond qu'est-ce que la vie ? Pour Nietzsche, elle est essentiellement volonté de puissance. Pour Woody Allen, en définitive, elle n'a aucun sens.

Pour moi, elle demeure un délicieux miracle. Naître, la découverte du monde, petit être si parfait, si fragile. Apprendre à marcher, à parler, devenir autonome. Aimer de façon inconditionnelle. Faire des choix plus ou moins rationnels et conditionner les bouleversements de notre existence. Chacun de nous est absolument essentiel, unique. La vie est un espace-temps entre la naissance et la mort. Elle suit son cours jusqu'à ce que l'on se retrouve tous, de façon plus ou moins confortable, dans la même position. Accepter cet état de fait rend notre passage sur Terre beau et précieux. Mado aimait à me rappeler : « Les gens aujourd'hui ont peur de vivre, de manquer. Reste ouverte à la journée qui s'annonce, ma chérie, l'avenir est beau… »

Le destin singulier de Mado ressemble à une véritable épopée. Raconter son histoire revient à relater ses décisions tranchantes et bouleversantes pour nos futurs entremêlés.

Madeleine a connu les hurlements des sirènes, les descentes à la cave. Les couvertures aux fenêtres pour empêcher la lumière de transparaître. Le feu tombé du ciel. Les sifflements des bombes. L'odeur de la mort. Les mains gercées. La faim, le froid, la peur et l'horreur d'être orpheline.

Elle rencontre Pierre peu de temps après la Libération, se retrouve très vite adoptée par sa famille et l'épouse, en 1950. Ils travaillent ensemble dans l'exploitation familiale de ce dernier. Elle s'occupe de la comptabilité, fait rare pour une jeune femme de l'époque. C'est l'après-guerre, le début des Trente Glorieuses. La France se relève, l'industrie explose. Elle a vingt ans, lui vingt-deux, et l'avenir leur appartient. Pour les vacances, les amoureux sillonnent le pays à bord de leur 2CV AZU, la dernière Citroën. La partie utilitaire se mue en grand lit, et le moteur, type berline, leur permet d'avaler de nombreux kilomètres. Ils partent sans savoir où et rentrent à la fin de leurs congés annuels, la tête pleine de souvenirs.

Avec le temps, l'insouciance cède peu à peu sa place à la maturité, aux responsabilités. Pierre doit être plus présent au sein de l'entreprise. On leur réclame une descendance. Marie-Lou, surnommée Lilou, voit le jour le vingt-quatre décembre 1956, suivra Marco en 1958. La jeune mère de famille gère travail, enfants, maison, beaux-parents d'une main de maître. Pierre quitte le domicile à sept heures du matin pour n'y revenir que tard dans la soirée. Fini les sorties, les week-ends, les vacances. La connivence et l'amour se dérobent au profit sournois de la routine.

Mai 68, un vent de liberté souffle sur la condition des femmes. Elles réclament le droit de s'exprimer haut et fort, revendiquent le besoin de prendre leur vie en main, d'être les égales des hommes. La révolution sexuelle gronde. La gent féminine convoite l'éloge du plaisir, se bat pour des relations amoureuses affranchies. Les femmes se délivrent, et Mado, avec. Elle a trente-huit ans, se sent prisonnière d'une vie morne et triste. Pierre ne comprend pas cette frivolité soudaine. Dans les barricades, Mado rencontre Matthieu, professeur de lettres au lycée Émile-Zola. Coup de foudre dévastateur. Il a dix ans de moins qu'elle. Ils parlent le même langage, apprennent à se connaître, s'éprennent follement. Très vite, Marie-Lou la démasque. L'adolescente âgée de douze ans surprend sa mère à se maquiller, s'embellir les vendredis après-midi puis les mardis, puis un jour sur deux. Pierre refuse de voir. Les tensions naissent dans la maisonnée. Lilou protège son frère contre le début de la dislocation d'une famille ordinaire, mais somme toute rassurante. La grande sœur câline, raconte des histoires, comble les absences maternelles. L'entreprise familiale prend l'eau. Le père de Pierre décède. Année noire pour les Morin. Un mercredi de décembre 1968, Mado se confie à Lilou :

— Je vais partir, ma chérie, j'aime ailleurs. Je veux vivre cet amour, quelles qu'en soient les conséquences. Si je ne vais pas au bout de cette histoire, je mourrai à petit feu, comme trop de gens.
— T'es sûre de toi, maman ?
— Non… Mais pour le savoir, je dois le vivre.
— Tu nous abandonnes ?
— Jamais… Tu m'en veux ?
— Je ne sais pas.

Le soir même, Mado parle à son mari.

— Comment peux-tu faire ça ?

— Je ne cherche pas à comprendre. C'est égoïste, je sais, mais je ne veux pas regarder filer les jours en attendant la fin. Je ne veux plus ta mère à tous les repas à ma table, passer mes soirées devant la télé, organiser mes journées en fonction de nos enfants, de toi. Je suis dans la dernière ligne droite, et le plus précieux est le temps qu'il me reste.

— Je garde les enfants !

— Très bien.

Mado prend le strict nécessaire et s'en va. Là où d'autres femmes auraient protégé leur amour dans le secret et basculé dans une banale histoire d'adultère nauséabonde, elle choisit de vivre sa romance. Elle est l'odieuse, la traîtresse capable d'abandonner ses enfants pour un homme de dix ans son cadet. Un comble !

Que sommes-nous capables de faire par amour ? Actes irréversibles, gestes fous, décisions inconcevables pour les uns, vitales pour les autres. Des individus se convertissent, rompent avec leur famille, changent de pays, de professions, quittent tout… certains tuent… Par amour.

À la suite du départ de Mado, Pierre s'abrutit, le jour, dans son travail pour tenter de sauver l'entreprise et le soir devant la télé, pour oublier. Grâce à Lilou, élève brillante, la joie et la gaieté ne cèdent aucune place à la morosité. Au retour de l'école, une fois les devoirs achevés, la jeune femme embarque son petit frère, Marco, dans des chorégraphies endiablées sur les tubes de Cloclo ou de Sheila ; improvise des tours de chant sur l'incontournable

«À bicyclette» ou plus symboliquement sur «Maman la plus belle du monde».

Lilou adore les séjours chez Matthieu et Mado. Elle relègue son frère à sa mère et converse durant des heures avec son jeune «beau-père». Du haut de ses seize ans, l'ado se passionne pour les grands auteurs Proust, Gide, Sartre ou encore Balzac. Férue de théâtre, d'Oscar Wilde à Ionesco, elle se projette en héroïne des XIXe et XXe siècles. Elle trouve en Matthieu une sorte de mentor et laisse exprimer sa ferveur.

Durant l'année 1972, malgré son abnégation, Pierre met la clef sous la porte, l'argent manque. Marco s'installe chez sa mère, Lilou ne lâche pas son père. Elle arrête ses études et cherche un travail. Elle vient de fêter ses seize ans. Déniche, non loin du domicile paternel, un emploi dans une librairie, «L'art et la plume». Cinquante mètres carrés d'étagères, de livres, de curiosités, d'odeur de papier, de moquette verte à la devanture «vieillotte» couleur bois. En peu de temps, Lilou connaît tous les auteurs, s'intéresse aux rentrées littéraires, se renseigne sur les écrivains en vogue. Elle fouine pour saisir la dernière pépite. Jamais avare de temps ni d'attention. Sa passion devient contagieuse. La clientèle ravie se fidélise grâce à la jeune femme pleine de tempérament et d'enthousiasme. Ma maman. Le conte de fées de Mado vire au tragique. Matthieu la quitte pour une femme plus jeune, plus jolie, plus tout. Madeleine n'a aucun regret. Elle a vécu sa passion intensément, sans retenue. Pierre décède quelque temps plus tard, rongé par le chagrin. Lilou en veut terriblement à sa mère. Pour finir, Mado perd son fils, Marco, dans un accident de voiture. Madeleine ne s'est jamais plainte. Elle a assumé, encaissé en femme libre qu'elle était. Ma grand-mère m'a tout appris, tout donné.

C'est grâce à elle que l'amour s'est amarré aux rives de mon cœur. Charly s'immisce dans ma vie délicatement, avec une aisance déconcertante. Je l'aide à ma manière, lui fais une place. Il est temps de partager un peu de mon histoire. Nous sommes dans sa famille depuis quelques jours. Sa mère, Marie, trop émue de rencontrer « l'heureuse élue », m'a enlacée chaleureusement comme si je faisais partie du clan. Son père, Joseph, carrure imposante, regard perçant, m'a accueillie à la manière d'un papa. Sa sœur, son beau-frère et ses nièces n'étaient pas en reste de démonstrations d'affection. J'étais enchantée d'en découvrir plus sur l'enfant qu'avait été Charly.

Je prends goût au quotidien familial jusque-là inconnu. La chaleur d'un foyer où les rires, les conversations, les complicités se confondent inlassablement. Charly m'offre l'amour des siens. Il ignore ce que cela représente pour moi. Ce soir, je décide de l'inviter à « La Vieille Auberge ». Une adresse incontournable de Saint-Jean, juste après la Porte de France dans les remparts, avec sa façade blanchie à la chaux, ses volets rouges, une bâtisse typiquement basque.

Dédé, le maître des lieux, nous installe à une table romantique, à l'abri des regards. Charly est une vedette, ici, l'enfant du pays. Les habitués viennent le saluer. Il me présente à chacun. Ils me reconnaissent souvent, « la fille de la télé ». Je me sens bien ici avec lui. Nous commandons. J'appréhende. Moi, si bavarde, les mots me manquent. Le silence devient pesant. Je ne sais pas comment, ni par où commencer. À cet instant, je ne suis plus la femme, mais la petite fille blessée. Je regarde mon homme et lui demande :

— Que voudrais-tu savoir de moi ?

Charly se crispe, me dévisage, ne dit mot. Je bois une gorgée de vin pour me donner du courage. Je n'ai pas pour habitude de me répandre et déteste le jeu de la victimisation. Je refuse sa pitié. Charly caresse ma main délicatement. Je me lance.

— Je suis née le 10 avril 1973, à Montreuil. Ma mère, Marie-Lou, surnommée Lilou, a laissé tomber l'école à seize ans pour subvenir aux besoins de son père. Lui, il a tout perdu. Pour commencer, sa femme, ma grand-mère Mado, qui l'a quitté pour un jeune professeur de lettres, ensuite son entreprise et, pour finir, son fils, parti vivre avec sa mère. Il meurt de chagrin. Lilou, éprise de littérature, travaille dans une librairie. Lors du bal du 14 juillet 1972, elle rencontre Lulu, un beau brun au charme irrésistible. Elle est séduite. Pour la première fois, son cœur bat très fort. Jusque-là, les amourettes de ses amies suffisaient à combler ses fantasmes. Elle avait d'autres priorités. Elle est encore vierge. Il est étudiant en droit, vit chez ses parents. Ils font l'amour doucement avec tendresse. Une nuit étoilée durant laquelle la jeune fille s'offre, pour la première fois, aux plaisirs de la chair. Elle ne fait pas attention, tombe enceinte. Lulu, trop jeune, pas prêt, disparaît. À l'époque, l'avortement est trop risqué. Elle n'a pas le choix, elle aura une petite fille, moi. J'ai trois ans lorsque Lilou rencontre un Américain. Il désire l'emmener avec lui au-delà de l'Atlantique. Il ignore tout de moi. Ma grand-mère n'a pas son mot à dire, l'histoire se répète. Ma génitrice me confie à Mado et s'envole vers une nouvelle vie, où je n'ai pas ma place. Je ne sais rien de mon père. Je n'ai jamais revu ma mère. Je n'ai pas manqué d'amour, juste d'une maman et d'un papa. Mado m'a accompagnée sur le chemin du bonheur, envers et contre tout. Sa philosophie, son intelligence m'ont guidée toutes ces années. Ma grand-mère est partie, emportée par un cancer du poumon, l'année de mes seize ans. Elle venait de perdre son fils dans un accident de voiture.

J'ai envie de pleurer. Je me ressaisis. Ressasser le passé ne me sied pas. L'exercice s'avère plus difficile que prévu. Les cicatrices s'ouvrent à nouveau. Le placard était clos, les étagères rangées, et tout me tombe dessus avec une odeur de rance. On se croit toujours plus fort. Je continue :

— Pour ce qui est de mes histoires sentimentales… Avant toi, aucun homme n'a trouvé grâce à mes yeux. Des aventures sans lendemain, des coups de foudre furtifs. Beaucoup d'imbéciles, quelques-uns sont devenus des amis face à mon incompétence à aimer. Je suis plus douée pour l'amitié que pour l'amour. Ma famille se limite à Ana, sa fille et ses parents qui se sont occupés de moi après le décès de Mado. Voilà, tu sais tout, ou tout du moins l'essentiel.

À nouveau le silence embarrassant. Le regard de Charly reste franc. Je redoutais qu'il devienne fuyant. Je me sens libérée, pas encore apaisée.

— Merci, mon amour.

Charly
Un peu d'elle…
2007

Lucy et moi partageons notre quotidien depuis huit mois. Je l'ai présentée à ma famille. Mes parents n'ont connu que mes amours adolescentes. Ma mère a très vite deviné que Lucy porterait mes enfants. On ne peut rien contre l'instinct maternel. Une maman appréhende, à chaque instant, petits ou grands malheurs, chagrins d'amour, mensonges. Comme je l'imaginais, Lucy a conquis les cœurs de ma tribu, du plus jeune au plus âgé. Elle a le don de se faire apprécier. Maman et Lucy, côte à côte, près de la fontaine, sur le banc en fer forgé, à l'ombre du grand tilleul, rieuses et complices. Un instantané imprimé éternellement dans mon esprit. Une vie sans amour ne vaut pas la peine d'être vécue. Je ne peux m'empêcher de redouter le pire. J'ai peur du prix à payer pour un tel bonheur. Je désire, plus que tout, vivre aux côtés de ce rayon de soleil jusqu'à ma mort. La mer ne me manque pas, et pourtant, je dois partir dans une semaine…

Ce soir, Lucy m'invite au restaurant pour un tête-à-tête. Je ne la connaissais pas si grave. L'expression de son visage est différente. Je lis l'anxiété dans ses yeux. Les plats ne sont pas encore servis qu'elle me demande :

— Que voudrais-tu savoir de moi ?

Je ne trouve rien à répondre. Comme un uppercut reçu en plein ventre. J'ai peur de la voir souffrir par trop de révélations. Je perds pied. Je voudrais l'aider, la soutenir, la porter, même. Je la laisse venir à son rythme. J'ignore ce que je voudrais connaître d'elle. Elle avait raison, la découvrir tous les jours comble mes attentes, nourrit mon amour pour elle. Ai-je besoin d'en savoir plus ? Mon regard sur elle en sera-t-il modifié ? Elle me dévisage. Je ne sais quelle attitude adopter. Je caresse sa main. Elle se lance. Le temps est suspendu. J'écoute, encaisse. Au fil de son récit, ma gorge se noue. Je m'interdis la moindre réaction. Elle est à l'affût. Elle pleure de tristesse, une première. Sentiment troublant, les larmes la subliment. Je comprends tout, sa détermination à ne penser qu'au présent, sa capacité à oublier le futile, sa joie de vivre. La fierté s'empare de moi. Sa pudeur m'émeut. L'amour ne s'achète pas, même si certains se plaisent à le croire. Il n'a rien à voir avec l'empathie. On ne peut pas choisir l'autre seulement pour ses blessures, ses fêlures. Tout ça n'est qu'un leurre. L'amour est un art. Il est une aptitude que l'on doit entretenir tous les jours. Il s'apprend au fil du temps, au contact de la personne. Il engendre de dépasser narcissisme et dépendance afin de fonder une relation saine et harmonieuse. Au fond, peu de gens savent aimer. Mes parents me l'ont enseigné à leurs dépens. Mado a sauvé Lucy de la sécheresse d'un cœur meurtri, rejeté par ses propres parents. Lucy connaît la définition du mot amour. Elle le respire. Être aimé d'elle se mérite.

Son monologue se tarit. La fatigue et le soulagement se lisent sur ses traits. Je la remercie pour sa confiance. Elle pleure, à nouveau, entre rire et larmes.

— Lucy, veux-tu m'épouser ?

Les mots sortent de ma bouche sans y avoir été invités. Mon cœur parle. Je souhaite la voir s'épanouir, mûrir, vieillir. Je m'engage, m'ouvre à de nouveaux horizons. J'imagine notre enfant aux creux de ses bras. Les images se bousculent. L'émotion est palpable. Lucy reste silencieuse, troublée par ma question. J'attends. Elle se lève, s'abandonne sur mes genoux, pose ses lèves sur les miennes.

— Si tu es prêt à épouser une femme qui fait l'amour en chaussettes...

Selon ma future femme, la théorie des chaussettes est purement scientifique : le réchauffement des extrémités permet la dilatation des vaisseaux sanguins donc une meilleure circulation et par conséquent un orgasme assuré. Bref, elle prend son pied ! Et moi, je ne sais plus trop quoi penser de ma virilité...

— J'aime tes chaussettes... et surtout, je t'aime, toi, tout entière !

Nous sommes beaux tous les deux, en larmes, au milieu de ce restaurant qui m'a vu grandir. Je commande du champagne. Julien Clerc passe à la radio avec notre chanson « Ma préférence ». Le destin s'en mêle.

Nous quittons « La Vieille Auberge ». Lucy me serre la main, encore plus fort.

— Pour la première fois de ma vie, j'ai peur.
— De quoi as-tu peur, ma lune ?
— Que tout s'arrête… De te perdre… Tant qu'on ne possède rien, on ne redoute rien, on n'a rien à perdre… Quand on aime, qu'on s'attache, les peurs naissent…
— Fais-moi confiance, Lucy, il ne peut rien nous arriver.

Nous marchons, sur les pavés scintillants, dans les ruelles illuminées d'un magnifique clair de lune, encore sonnés par la tournure des événements.

— Je ne croyais pas aux contes de fées. Je détestais cette salope de Cendrillon et tu es arrivé. Je remercie le ciel de t'avoir déposé sur mon chemin.
— Je ne suis pas sûr d'être le prince charmant, mais je te promets de faire mon possible pour t'apporter tout ce dont tu rêves.

Je déshabille Lucy comme si je la découvrais à nouveau. C'est une autre femme. Un être avec un passé, avec ses meurtrissures, son courage. Ma fiancée est une résiliente capable de transcender ses traumatismes et de savourer chaque instant. J'embrasse la moindre parcelle de son corps. Elle s'offre à moi sans plus aucune retenue, se libère. La sentir jouir me fait venir à mon tour. Nos respirations saccadées, nos peaux luisantes, ses mains sur mon corps, son odeur…

Jamais sans elle…

À la suite de leur escapade à Saint-Jean, nos amoureux bâtissaient leur destin, au fil des jours. Lucy continuait de faire l'actrice mais son désir de passer derrière la caméra s'intensifiait. Charly réfléchissait à de nouveaux challenges. Elle lui insuffla l'idée de se lancer dans le trophée Jules-Verne. Un tour du monde à la voile en équipage, sans escale et sans assistance, sur une distance de quarante mille trois cents kilomètres. Une course de rapidité sans limite. Il en rêvait. Elle lui donnait les ailes. Il devenait donc membre de l'association « Tour du monde en 80 jours » créée par Florence Arthaud et Titouan Lamazou, et obtenait l'accord préalable pour son départ.

Charly connaissait bien « la petite fiancée de l'Atlantique ». Icône féministe malgré elle. Ils n'avaient jamais navigué ensemble mais avaient partagé de chouettes moments de connivence. Il affectionnait son caractère, sa force, sa liberté d'être. « L'argent, ça ne compte pas. Il y a une multitude de choses que l'argent ne t'apportera jamais. La vie, c'est l'amour, pas l'argent », disait-elle. Florence n'était jamais plus heureuse que dans la solitude d'une nuit en mer étoilée. Charly témoignait son admiration pour cette « frangine » atypique, excessive, fêtarde invétérée mais seule à battre les hommes sur leur terrain. Un symbole pour toute une génération. Il avait suivi avec intérêt « sa » Route du Rhum sur le trimaran *Pierre Ier* en 1990. Cette course transatlantique en solitaire qu'elle remportait malgré une panne de pilote automatique et aidée d'une minerve pour soulager une hernie cervicale.

Sur bien des points, Lucy ressemblait à Florence. Deux amazones pour qui rien ne semblait grave. Une étoile accrochée au-dessus de leurs têtes. Des amoureuses de la vie, qu'elles prenaient en rigolant et avec laquelle elles jouaient souvent.

Pendant de nombreux mois, Charly et sa sœur constituèrent la garde rapprochée, trouvèrent les sponsors, les financements et le bateau. Un trimaran du nom de *Spindrift 3 Banque populaire IV*. L'équipage au complet se constituait de huit personnes, dont Charly et deux femmes. Le navigateur appréciait la présence féminine à bord, surtout pour les longues traversées. Elles savaient apaiser les tensions et se montraient souvent plus combatives que les hommes. Le frère et la sœur insistaient sur le facteur humain, conscients de l'importance d'une vraie cohésion entre chaque membre de l'équipage pour relever ce nouveau défi.

Nous étions en mai 2008 et la course était prévue pour l'automne. Si la fenêtre météo le permettait, Charly ambitionnait un départ le deux octobre. En choisissant cette date, il rendait hommage à Phileas Fogg, le héros de Jules Verne. Franck Cammas décidait de lui emboîter le pas. Une sorte de duel à la Bruno Peyron et Olivier de Kersauson. Les deux concurrents souhaitaient, comme tant d'autres, détrôner le détenteur du record de 2005, Bruno Peyron.

De son côté, notre héroïne consolidait ses acquis en matière de réalisation. Elle possédait le vocabulaire technique, maîtrisait le cadre, les valeurs de plan, les axes et les mouvements de caméra, les notions de raccords. Il ne lui manquait que l'idée, la substance d'un scénario. Lucy ne trouvait aucun sujet susceptible de l'intéresser et encore moins de surprendre Juliette. Alors, il lui vint une idée lors d'un week-end sur le bateau de son amoureux.

— Et si je te filmais ?
— Pardon ?
— Si je venais avec toi pour ce tour du monde ? Je pourrais vous filmer vingt-quatre heures sur vingt-quatre. L'expédition vue de l'intérieur.
— Tu te rends compte du défi que cela représente ?
— Je ne sais pas, non… mais j'ai envie de le tenter. J'ai envie de partager cette expérience hors du commun avec vous. Je serais au plus près de toi, de ta passion. S'il te plaît, dis-moi oui ?!

Charly n'hésita pas longtemps. L'idée de quitter sa « promise » lui paraissait insurmontable. La jeune femme, folle de joie, se procura le matériel nécessaire et embarqua dès que possible pour les courses d'entraînement. Rapidement, elle sympathisa avec l'équipage, le feeling passait bien. À bord, elle devait être discrète, capable de refouler ses peurs et de filmer de belles images sans gêner personne.

Octobre arrivait. L'automne était clément et Charly confiant pour la date de départ. Au même titre que les autres, Lucy passa les examens médicaux requis, un test à l'effort, une échographie cardiaque, et s'empressa de suivre une formation aux premiers secours. Les jours s'égrainaient et l'excitation grandissait. Le médecin aménagea l'intérieur du bateau, trousse de pharmacie, ergonomie maximale. On vérifia les centaines de pièces fondamentales au fonctionnement de l'embarcation. Les réserves en repas lyophilisés, en boîtes de conserves, en sucres lents pour durer, en sucres rapides pour les efforts violents, monopolisaient le moindre recoin.

Fin septembre, Lucy improvisa un tête-à-tête avec Ana. Depuis l'entrée fracassante de Charly dans la vie de Lucy, les deux femmes se voyaient moins. Mais leur amitié ne répondait à aucune obligation, aucun compte à rendre. Elle se plaçait bien au-dessus de tout ça. Indestructible.

Ana
Une histoire d'amitié à la vie à la mort
2008

Ma rencontre avec Lucy remonte au mois de septembre de l'année 1985. De nature introvertie, je suis d'emblée attirée par cette jeune fille charismatique sensiblement du même âge que moi et pourtant si différente. Les yeux de Lucy pétillent de joie, son attitude interpelle, sa voix trouble. Comme à chaque rentrée scolaire, nous sommes agglutinés devant les tableaux de la cour du collège Georges-Brassens pour connaître nos classes. Lucy me propose son aide alors que les autres élèves m'écrasent plus ou moins.

— C'est quoi, ton nom ?
— France.
— Mais non, ton nom de famille !
— France.
— Oups ! Pardon…
— Je t'en prie.
— Ana France ?
— C'est ça…
— Je ne vais pas te la faire, j'imagine qu'on te la fait depuis des années.
— C'est ça…

— Cinquième trois. On est dans la même classe. Je m'appelle Lucy.

Nous devenons inséparables. Elle excelle en mathématiques. Je brille en français. Je m'inscris au cours de théâtre. Elle fait partie du club vidéo. J'adore l'écouter faire ses imitations d'hommes politiques, de chanteuses ou même de certains de nos professeurs. Elle est irrésistible et douée. Elle chante divinement bien. Elle est solaire, à l'aise partout, tout le temps. Lucy déteste l'injustice et défend les plus faibles. Elle ne parle jamais d'elle ni de son histoire. Mystérieuse. Les garçons en sont fous, aucun ne trouve grâce à ses yeux. Nous passons régulièrement nos week-ends ensemble chez moi. Mes parents l'adoptent, d'une certaine manière, intrigués, malgré tout, par le mutisme de Lucy sur sa vie. J'ignore où elle habite, qui sont ses parents, ce qu'ils font, où elle a grandi. Elle répète que ce sont détails sans importance. Lucy ne fait pas de projet. Elle avance dans la vie au gré du vent et de ses humeurs.

Janvier 1989, nous sommes en première. Lucy arrive en classe privée de sa bonne humeur légendaire. Elle ne pleure pas, trop pudique, mais le cœur n'y est plus. Elle m'apprend que son oncle vient de périr dans un accident de voiture. Je tente d'en savoir davantage. Peine perdue, un rempart se dresse.

Un mois plus tard, Lucy ne parvient toujours pas à retrouver son enthousiasme. L'heure est grave. J'ose une nouvelle intrusion dans son intimité.

— Je n'ai pas grand-chose à raconter…

— Tu peux me faire confiance, Lucy.

— Ce n'est pas une question de confiance, parler me fait mal, je ne veux plus avoir mal. Je ne veux pas de pitié.

— Qui te parle de pitié ?

Le barrage cède. Elle me raconte son parcours déjà trop cabossé pour une fille de son âge. Sa naissance, sans papa. Le départ de sa maman pour les États-Unis, sans elle. Son existence avec sa grand-mère, Mado. Les sanglots remplacent les sourires. Lucy souffre du manque d'amour maternel, de son inconnu de géniteur. Mado a fait ce qu'elle a pu pour combler les failles. Elle lui a inculqué la liberté, l'optimisme permanent et la foi inébranlable en la vie.

Mais le destin se montre à nouveau sans état d'âme. Mado est atteinte d'un cancer des poumons. Elle refuse les protocoles, ne croit pas en ces remèdes à base de chimiothérapie et autre radiothérapie. Sa maladie aborde la phase terminale. L'adolescente respecte la dernière volonté de sa grand-mère. Une acceptation douloureuse. Mado morte, Lucy n'aura plus personne. Elle fait cependant la promesse, si difficile, à la femme qu'elle aime le plus au monde, de l'aider à partir, le moment venu.

— Comment ça, l'aider à partir ?

— Elle mourra quand elle l'aura choisi !

— Non, mais Lucy, qu'est-ce que tu racontes ? C'est interdit par la loi !

— De quelle loi tu parles ? Mado a le droit de mourir dans la dignité. Elle refuse ces essais thérapeutiques sous couvert de recherches scientifiques. Elle ne veut pas vomir ses tripes, devenir l'ombre d'elle-même, perdre ses cheveux tout en se sachant condamnée. C'est légitime, non? Alors excuse-moi, mais si tu savais ce que je pense des lois…

— Comment vous allez faire?

— Je ne peux rien te dire, Ana. Je te demande de n'en parler à personne, même pas à tes parents.

Le jour funeste arrive, un vendredi de novembre. Plus tard, j'apprendrai qu'elles avaient obtenu plusieurs ordonnances et écumé les pharmacies des alentours. Mado a tout organisé sans omettre de protéger sa petite-fille en cas d'enquête. La réserve déborde de somnifères. Les deux femmes étaient convenues de la date ensemble. La grand-mère saine d'esprit souffre le martyre. Lucy dort chez moi. Le téléphone sonne dans le salon. Maman décroche. Mado désire parler à la prunelle de ses yeux. Ma mère appelle Lucy, mon cœur se serre. Un temps interminable. Que peuvent-elles se dire? Comment dit-on au revoir aux gens qu'on aime et qu'on ne reverra plus? Lucy nous rejoint dans la cuisine, les yeux rougis.

On enterre Mado. Les mois suivants sont difficilement supportables. Lucy fait une demande d'émancipation auprès du juge des tutelles. Elle trouve un boulot de serveuse les week-ends et les vacances scolaires pour subvenir à ses besoins et obtenir son bac. Elle enchaîne les rendez-vous dans les services sociaux, chez les juges, refuse que l'on recherche sa mère. Trop tard. Mes parents, touchés par son combat, s'engagent à veiller sur elle jusqu'à la fin de ses études. Ma presque «sœur» obtient une allocation d'orphelin jusqu'à ses vingt et un ans grâce ou à cause de son géniteur anonyme. Mado ne possède rien, ne laisse rien. À l'image de sa vie, elle avait quitté ce monde en femme libre.

Bac en poche avec mention, nous dégotons un studio dans le 18e arrondissement de Paris. Me projeter sur dix, vingt ou trente ans me rassure, Lucy ne l'envisage pas une seconde. Elle ne veut rien attendre pour ne pas être déçue et ne rater aucune surprise de la vie. Elle sait que sa grand-mère veille sur elle et que le meilleur est à venir. À ses côtés, j'apprends la légèreté, l'insouciance. Paradoxe. Les mois défilent. Lucy décroche, par hasard, mais celui-ci existe-t-il ?, un premier rôle dans un téléfilm et commence une carrière d'actrice. Improbable. Quant à moi, j'échoue, mes rêves de comédie s'envolent et je retourne à mes études. J'en prends pour douze ans minimum.

Durant cet interminable cursus, je rencontre, lors d'une soirée étudiante, Philippe, futur chirurgien-dentiste. Il a vingt-deux ans et finit le premier cycle. Je cherche un homme rassurant garant d'un avenir paisible et tout tracé. Lucy aime les aventuriers, les écorchés vifs. Philippe est grand, bien bâti, sûr de lui. Il m'aborde, me drague. Je vacille. Trop facile. Lucy le déteste dès la première minute. Rapidement, je lui annonce mon désir de me marier :

— Qu'est-ce que tu fous, Ana ?

— Je l'aime !

— Mais non, tu ne l'aimes pas ! Tu le connais à peine ! Il t'en a mis plein la vue parce qu'il correspond en apparence à ce que tu recherches, mais tu vas te faire chier… C'est pas ça dont tu as besoin…

— Qu'est-ce que tu veux dire ?

— C'est l'opposé de toi. Tu es belle, généreuse, il est pingre et laid ! Tu n'es qu'amour, il n'est que lâcheté. Tu vas droit dans le mur !

— Lucy, je te demande de respecter mon choix.

Elle s'excuse de s'être emportée. Elle reste à sa place. Elle ne désire rien d'autre que mon bonheur. Elle abdique et accepte d'être mon témoin. Lucy n'a de conseil à donner à personne. Elle se le refuse. Elle ne fonctionne qu'à l'instinct à la manière d'un animal. Elle aime, elle déteste, pas de demi-mesure dans ses relations. Sa liberté de dire tout haut ce que les autres pensent tout bas agace souvent, et plus particulièrement dans son milieu où l'on manie l'hypocrisie avec aisance. Elle ne sait pas faire semblant. Elle ne sait pas demander. Elle ne sait pas sourire aux cons. Certains considèrent son anticonformisme pour de la suffisance. Lucy est ainsi faite. Elle se moque du qu'en-dira-t-on, de ce qu'on pense d'elle. Qui est-elle pour juger ? Elle déteste les donneurs de leçons, les bien-pensants, les intellos prétentieux qu'elle compare aux « fachos » de la culture, quand celle-ci devient un subterfuge.

Je me marie, continue mes études et tombe enceinte, Mon époux ouvre son cabinet avec deux associés. Notre fille, Stella, montre le bout de son nez le treize août 1997. J'orchestre ma vie maritale, mon rôle de jeune maman, et m'acharne pour décrocher mon diplôme. Aujourd'hui, Stella quitte l'enfance à petits pas, notre attachement fort et complice me rassure sur mes qualités de mère. Je ne supporte plus Philippe depuis cinq longues années. Il ne correspond en rien à l'homme que j'espérais. Lucy avait raison.

De son côté, Lucy a baissé la garde. Charly a réussi là ou d'autres avaient échoué. Avant lui, les hommes traversaient son chemin. Elle ne s'attardait pas. Trop exigeante. Son intransigeance envers la gent masculine ne prétendait pas à la perfection mais au courage, à l'honnêteté, à l'humour, à l'intelligence du cœur. Elle n'est pas éblouie par la beauté, pas sensible à l'argent. Elle a été convoitée par des acteurs, des producteurs, des chanteurs, des musiciens, des hommes d'affaires…

— C'est facile de plaire lorsqu'on a une belle gueule et qu'on passe à la télé !
— C'est moins facile de te supporter !
— En attendant, moi, je ne suis pas mariée à un pauvre type qui ne sait même pas prendre soin de moi !
— Tu deviens blessante !
— Pardon…
— Et ton Pascal ? Qu'est-ce que tu en as fait ?
— Trop amoureux de sa Porsche dernier modèle, je l'ai invité poliment à sortir de ma vie.
— T'es intraitable !
— Pas du tout ! J'ai du mal à composer, c'est pas pareil.

Lucy n'a jamais ouvert son cœur et que très rarement ses jambes.

Je me dirige vers notre cantine, « Le Petit Cambodge », dans son quartier préféré. Lucy prend la mer dans quelques jours… Encore une de ses idées tordues. Et si elle ne revenait pas ?

Lucy
Restaurant Le Petit Cambodge
2008

Ana devrait arriver en retard, comme à son habitude. Je m'installe dans un coin retiré. Mon dernier téléfilm a réalisé un joli succès d'audience et les répercussions sur mon anonymat sont immédiates, du moins pour quelques jours. La télévision a ce pouvoir, une célébrité aussi rapide que fulgurante. Pendant environ une semaine, les gens m'accostent dans les magasins, dans la rue. Un autographe, une photo. Alors, je me mets en mode invisible, tenue passe-partout, peu de maquillage, lunettes de soleil vissées sur le nez et place stratégique dans les lieux publics. Je me sens étrangère à l'image que l'on me renvoie. J'oublie mon «statut» d'actrice. Depuis le début des années 2000, on observe un bouleversement des codes de la starification avec l'apparition de la télé-réalité. Le «Je suis connu, donc je suis» prend l'ascendant sur toute forme de talent. Le public confond les artistes, les stars, les vedettes, les «people». La presse se retrouve au cœur des stratagèmes. L'ère du sensationnel remplace peu à peu l'ère de l'information. À mes débuts, je tombais souvent dans le piège des interviews. On me poussait à dire ce que l'on voulait entendre, et si je ne l'évoquais pas, on l'écrivait pour moi. Aujourd'hui, je maîtrise l'art de l'esquive à coups d'ironie ou de second degré. J'appréhende mieux les rouages. La reconnaissance va, vient et repart. Je ne lis plus les critiques. Bonnes ou mauvaises, peu importe, rares sont constructives.

Je me réjouis de cette soirée avec Ana. Depuis ma rencontre avec Charly, je la délaisse. La vie va si vite. La voilà qui arrive. Mon cœur a mal. Ana transpire le chagrin. Elle m'aperçoit, me sourit. Je me lève pour la prendre dans mes bras.

— Salut, ma douce…

Je l'enlace. Elle se love contre mon cœur et me répète que mes bras adoucissent les plus grandes tristesses. Nous nous installons côte à côte sur la banquette. Je commande un « petit chablis », son vin préféré. Nous levons nos verres à l'amitié, à la vie, à nous. Les confessions se dévoilent.

— Qui commence ? demande Ana.
— Comme tu veux.
— Ce n'est pas très gai.
— Je m'en doute.
— Je divorce.
— Ah oui, quand même ! Depuis quand ?
— La semaine dernière.
— Et tu m'as rien dit ?!
— Je devais digérer et je préférais t'en parler de vive voix.
— Je t'écoute…
— C'est d'une banalité à mourir…
— J'adore…

— OK, tu l'auras voulu… Nous étions invités à dîner chez un couple, rencontré en vacances, cet été. Des gens différents de ceux que l'on côtoie habituellement. Elle est peintre, il est professeur de lettres.

— Pas de l'acabit de ton cher et tendre…

— Pas vraiment, non. Des personnes passionnantes, pas exactement des marginaux, mais des êtres ouverts à une certaine forme de philosophie. Tu les adorerais.

— J'en suis sûre. En revanche, je suis plus inquiète pour Philippe.

— À qui le dis-tu ! Nous sommes rentrés tard, j'avais picolé, sans doute pour me donner du courage. Il avait fait la gueule toute la soirée, tenu des propos embourgeoisés, stupides, sûrement par provocation.

— J'imagine tout à fait la scène…

— Je suis allée dans la cuisine me servir un dernier verre et je lui ai lancé : « Comment j'étais habillée ce soir ? » Il avait déjà allumé la télé. Stella passait la nuit chez ses grands-parents. Il a osé un : « Qu'est-ce que tu racontes ? » Je lui ai répété ma question. «J'en sais rien, moi ! C'est quoi cette histoire ? – J'étais en pantalon ou en robe ? Plutôt clair ou plutôt sombre ? En talons ou en bottes ? – Ana, il est tard. J'ai déjà passé une soirée épouvantable avec tes idéalistes à la con, n'en rajoute pas s'il te plaît ! – Des idéalistes ? Je ne comprends pas… Un homme et une femme qui se battent pour leurs convictions… – Bon, qu'est-ce que tu cherches au juste ? Tu veux qu'on se prenne la tête, c'est ça ? – … C'est fini, Philippe. J'en peux plus. Je m'ennuie avec toi, dans notre vie. Je ne te supporte plus, je déteste tes amis. Vos discussions sur votre monde égocentré, autour de votre fric, de vos vacances à la montagne l'hiver, en Corse l'été me font chier… J'en peux plus… J'étouffe… »

— Ah oui, quand même ! Et alors ?

— Et alors… Il a eu la réaction que je redoutais : « Qu'est-ce qui te prend ? T'as rencontré quelqu'un c'est ça ? C'est l'autre illuminé qui t'a retourné la tête avec ses belles idées ? » Il s'est levé du canapé comme un fou. Il s'est jeté sur mon sac, a récupéré mon portable. Il cherchait un indice, un coupable, une preuve…

— Pathétique…

— C'est ça… Je me suis écroulée, soulagée. Je n'ai rien écouté de son laïus. La crise a duré toute la nuit. Depuis, j'ai droit aux menaces, aux reproches, au chantage. Il prend Stella en otage. Voilà, tu sais tout.

— Ça va ? Enfin, je veux dire, tu te sens comment ?

— Libérée, délivrée, perdue. Je dois envisager ma vie sans lui, prendre des dispositions, seule. Il ne m'aime plus mais ne supporte pas que je le quitte. Le regard des autres, ses amis, sa famille, ça le rend dingue. Pour lui, c'est impensable qu'une femme comme moi puisse quitter un homme aussi brillant que lui.

— Tu connais mon point de vue sur le sujet, je ne t'ai jamais menti.

Je devine combien le constat est douloureux pour Ana. Sa vision du bonheur s'effondre. La voilà au croisement du chemin. Quitter le quotidien rassurant mais déprimant pour emprunter une voie hasardeuse, mais pleine de surprises. Les décisions d'une vie se négocient de temps à autre dans la douleur. On pense ne jamais pouvoir se relever. On imagine le pire. On se croit incapable de surmonter l'obstacle. Et puis, la vie continue, et nous avec. L'histoire est-elle écrite à l'avance ? Les dés sont-ils jetés à notre naissance ? Qui peut prétendre tout contrôler ? N'est-il pas illusoire de nous croire maîtres de notre destin ? Nous rêvons, nous espérons, nous appréhendons, nous choisissons. Nous subissons les vents contraires, les tumultes, les joies et les peines.

— Et toi ? Qu'as-tu de si important à me dire ?
— Accroche-toi bien... Je vais me marier !
— Pardon ?
— Charly et moi allons nous marier en avril.

Les yeux d'Ana brillent de joie. Sa Lucy rongée par la peur d'aimer et d'être aimée s'apprête à faire le grand saut.

— Je suis tellement heureuse pour toi !
— T'y croyais plus, hein ? Allez ! Avoue !

Ana prend ma main dans la sienne, la serre presque trop fort.

— Tu n'imagines pas le bonheur que tu me procures.
— Si, je le lis dans tes yeux. Je voudrais que tu sois mon témoin, que Stella soit demoiselle d'honneur et que ton père m'accompagne jusqu'à l'autel.
— J'hallucine, tu te projettes au-delà d'une semaine !
— Sur ce coup-là, je n'ai pas vraiment le choix ! Je sais que c'est un bordel sans nom à organiser. Tu m'as assez soûlée pendant des mois avec le tien.

Nous trinquons à nouveau et éclatons de rire derrière nos larmes.

— Comme disait Prévert : « Essayons d'être heureux ne serait-ce que pour montrer l'exemple ! » À la tienne.

— À la tienne, à ton mariage, à mon divorce et à ces nouveaux horizons qui s'offrent à nous…

En quittant le restaurant, nous plongeons dans notre jeunesse insouciante. J'embarque Ana pour la tournée des grands-ducs, à travers la capitale. Nous commençons notre virée par un verre au «Mathis». Un écrin de velours rouge chaleureux, rue de Ponthieu, où les habitués du show business aiment se croiser jusqu'à l'aube. Nous enchaînons avec le «Cab» place du Palais-Royal. Lieu branché entièrement imaginé par le célèbre désigner français Ora-ïto. Nous dansons, jusqu'à épuisement, au son de la House ou encore du R'n'B. Un jeune homme, pas très délicat, tente une approche auprès de la future jeune célibataire. Ana joue le jeu, se rassure sur son pouvoir de séduction, en berne depuis trop d'années. Pour finir, nous échouons au «Baron», avenue Marceau, sorte de ghetto intime et cosy pour bobos branchés. La notoriété m'offre mes entrées dans tous ces endroits à la mode. Je salue ici et là des têtes familières, des anciens partenaires de jeu, des habitués… des cons, aussi. On m'installe dans le carré VIP. Les verres se succèdent avant même de les souhaiter. Je sais que tout ça est éphémère. Si un jour je disparais des écrans, ils oublieront mon numéro, mon visage, mon nom. C'est le jeu. Ça va, ça vient… Comme la vie, comme l'amour. J'aime la nuit avec sa lumière bien plus douce pour les naufragés noctambules. Les ténèbres abolissent les codes sociaux, permettent le mélange des genres, ouvrent le champ des possibles, les masques tombent. Ana et moi rions, chantons, dansons et délaissons pour quelques heures le trouble de nos vies. Au petit matin, nous rentrons chez moi, plus vraiment sobres, pas tout à fait ivres, animées par notre amitié inaltérable. Dans la cage d'escalier, l'ascenseur est en panne, nous sommes prises d'un fou rire mémorable en découvrant nos reflets : traces de Rimmel sur les joues, cheveux en bataille empestant la clope froide, haleine fétide. Joli tableau.

Une douche salvatrice et nous voilà, côte à côte, dans mon lit, épuisées.

— Et tes parents, t'y penses, parfois ?
— Je savais que t'allais m'en parler ! Chaque fois que t'es bourrée, tu me fais le coup. C'est un truc de malade.
— Ça me fascine… J'ai tellement besoin des miens.
— Parce que tu sais ce que c'est… Moi, j'ai toujours fait sans… Je ne sais pas ce que c'est une maman qui appelle, qui rassure, qui remonte le moral, qui montre la direction. J'ai eu l'espoir de la revoir, une fois… À l'enterrement de Mado. J'ai attendu toute la journée… Pour rien…
— Et ton père ?
— J'ai pas de père.
— Ta mère te manque ?
— Personne ne me manque…
— T'as pas envie de la retrouver ?
— C'est elle qui est partie. C'est à elle de revenir. Tu fais chier ! Maintenant j'ai envie de chialer.
— C'est l'alcool !
— Ça doit être ça… bonne nuit !

Dans le noir, Ana commence à ricaner.

— Pourquoi tu glousses ?
— Tu te souviens de l'avocat ?
— Quel avocat ?

— Celui de l'acteur avec qui tu as joué il y a deux ans.

— Celui qui ne m'a pas lâchée pendant des mois ?

— Je revois sa tête quand je lui ai ramené son cadeau...

— On n'achète pas mon cul avec un collier Cartier.

— T'aurais dû voir son expression toute crispée... il avait juste pas l'habitude de se faire remballer ! Il était mignon, en plus...

— Tu veux son numéro ?

— T'es con ! T'aurais pu garder le collier... Il était magnifique.

— Je suis pas une pute.

— Ça, on sait, mais t'aurais quand même pu garder le collier.

— Tu m'emmerdes avec ton collier.

— Et tu te souviens du mec qu'était venu te chercher en Ferrari à la sortie du lycée ?

— Tu parles si je m'en souviens... La honte de ma vie. Je ne savais plus ou me mettre, tout le monde me regardait monter dans sa voiture.

— Vous aviez cherché une place plus de trente minutes...

— Oui, il avait peur d'abîmer la grosse voiture de son père...

— Et tu l'avais planté en plein embouteillage pour prendre le métro.

— C'est ça ! Il en avait une toute petite en plus ! Et il n'était même pas drôle.

— Quand je pense que tu vas te marier !

— Bon OK, j'ai compris on va petit-déjeuner.

Deux jours plus tard, Ana et sa fille s'installent dans mon appartement. L'ambiance avec son futur ex-mari devient insupportable. En l'absence de Philippe et afin d'éviter une énième scène chaque fois plus violente, Ana a fait ses valises. Le plus dur est à venir. Elle le sait et s'y prépare depuis de longs mois. Stella accueille la séparation avec pragmatisme. Alors qu'Ana redoutait la réaction de ses parents, elle est agréablement surprise par leur enthousiasme. Ils ne supportaient plus de voir leur fille partager la vie de ce personnage sans saveur, méprisant et imbu de sa personne. L'épreuve la plus douloureuse sera le divorce. Philippe engagera un détective privé pour chercher la preuve d'un hypothétique adultère. Ana subira. Il se montrera odieux et sans état d'âme. Il tentera de la briser psychologiquement. Leurs « amis » feront le choix du plus fort, comme souvent dans ce genre de situation. Philippe se déchaînera pour obtenir la garde alternée. Elle se résignera pour avoir la paix. Il refusera de lui verser une pension alimentaire. Elle acceptera. La liberté d'Ana ne souffrait d'aucun compromis.

Le trophée Jules-Verne 2008

Le 2 octobre 2008, à trois heures deux du matin, le trimaran de Charly prenait la mer. La fenêtre météo était parfaite même si le vent refusait de se pointer sur la ligne de départ. Dès l'entame de la course, naissait la peur de ne pas rejoindre le vent du nord, crucial pour descendre vers les mers du Sud. À cinq heures une, Franck Cammas et son équipage s'élançait à son tour. L'aventure débutait. Lucy trouvait rapidement ses repères. Elle filmait chaque seconde de cet incroyable voyage au bout du monde. La vitesse l'enivrait les jours de tempête. Elle inventait un système de cordage improbable afin de tenir en équilibre en toutes circonstances et restait collée à sa caméra au plus près de son homme et de son équipage. Silhouettes anonymes dans les embruns marins. Charly, fidèle à lui-même, se montrait concentré, responsable de ses compagnons de route. Il savait quoi dire, quoi faire. Il fascinait Lucy chaque jour un peu plus. D'un accord commun, ils avaient décidé de ne rien emporter de leur quotidien. Ils se coupaient du monde le temps de la compétition, pas d'informations, pas de journaux, rien qui pouvait les ramener vers l'autre réalité. Le système des rotations des quarts se mettait en place sans anicroche et dans une saine rivalité entre barreurs pour donner le meilleur d'eux-mêmes et ne pas tomber dans la routine assoupissante. Les marins déterminaient leur mode de fonctionnement : trois étaient au repos, trois sur le pont et le dernier prêt à aider. Quant à Charly, il était de toutes les manœuvres, de tous les instants. Les dix tonnes du voilier sur la crête des vagues pour la plus grande joie des fines gâchettes et le besoin de s'amariner pour Lucy. Les voiles réparées, en un temps record, pour se maintenir dans la course. La motivation des uns, l'énergie des autres, l'indéfinissable cohésion entre tous pour ne former plus qu'un face aux circonstances et aux décisions à prendre constamment dans l'urgence. La course effrénée pour réaliser l'exploit. L'arrivée tant redoutée au « pot au noir ». Le piège des marins où les tourments physiques se mêlent à l'impuissance face aux éléments, au moral en berne. La clairvoyance du conseiller météo, à terre, afin de contourner par l'ouest cette petite ceinture de quelques centaines de kilomètres au cœur de laquelle les embarcations pouvaient stagner encalminées des jours et des jours. Ils apprirent l'abandon de Franck à la suite d'une avarie importante sur un des flotteurs. Durant les accalmies, Charly prenait le temps d'observer Lucy. Il admirait son courage, son opiniâtreté, sa capacité à ne jamais se plaindre même lors de cette journée épouvantable où sa belle se vidait par-dessus bord, bringuebalée de haut en bas, puis de gauche à droite, à la manière d'une petite chose fragile. Son amour pour elle ne cessait de se renforcer. Elle représentait tout ce qu'il désirait.

Les vents généreux du cap de Bonne-Espérance ainsi qu'une technique propre leur permettaient de grappiller quelques heures précieuses. Les conditions du passage du cap Leeuwin, en Australie, étaient réunies pour glisser vite et sans effort. Ils passaient le légendaire cap Horn durement secoués par une dépression très creuse, avec un vent de soixante-trois nœuds, grâce à un engagement physique total et une stratégie compliquée mais efficace. Lucy se souviendrait longtemps de l'instant magique où la terre fait son apparition après des jours et des jours d'horizon vide.

Les éclats de levers de soleil mythiques, venus de nulle part, que seul le grand large pouvait promettre. La luminosité fabuleuse offrait des images époustouflantes à la jeune réalisatrice. Au coucher de l'astre, le ciel s'empourprait en quelques secondes. Les albatros, les pétrels, les fulmars les accompagnaient tout au long de leur périple. Une fois le franchissement, relativement facile, de la corne du Brésil, l'équipage prenait des airs enfantins, émerveillé face à la danse des dauphins au large des îles enchanteresses de Fernando de Noronha, archipel paradisiaque de ce beau pays, classé au patrimoine mondial de l'UNESCO avec ses eaux tièdes et turquoises, ou encore devant les tortues de mer et autres raies géantes. Et ils repartaient de plus belle, vers les Australes inscrites dorénavant dans les annales du trophée Jules-Verne. Régler, affaler, renvoyer les voiles. Les interventions régulières par anticipation sur la mécanique. L'usure bien réelle du matériel. La chaleur tropicale nocive pour le repos des guerriers. Les moments de lutte pénibles entre calme et coups de vent erratiques. La houle qui n'en faisait qu'à sa tête, trimballant les occupants qui se relevaient déterminés à en découdre. La quête de vitesse à n'importe quel prix. La concentration à son maximum. Charly et sa bande dans leur chevauchée fantastique en direction de l'équateur. Les vagues de six mètres et les rafales de plus de soixante-quinze nœuds. Le calme soudain d'une mer d'huile où l'on ne cesse de manœuvrer pour avancer, gratter des minutes, des secondes. Les mers du Sud aux scintillements envoûtants. Et, pour finir, l'apothéose, le Graal, l'arrivée, le 18 novembre. Quarante-neuf jours, neuf heures, trente-cinq minutes et quinze secondes. Pari réussi. Record de Bruno Peyron de 2005, battu.

Lucy, éprise d'absolu, apeurée par la routine, et Charly, le loup solitaire, assoiffé d'adrénaline, venaient de vivre l'aventure la plus folle, la plus romanesque qu'un couple pouvait embrasser. Près de cinquante jours, collés l'un à l'autre et pourtant privés de toute intimité. Ils avaient traversé de réelles tempêtes, repoussé leurs limites, sans dispute, conscients de vivre ensemble quelque chose d'unique, de grand. Ils devinaient qu'après cette épopée rien ne pourrait les séparer. Le lien qui les unissait se soudait, se renforçait. Ils se juraient de repartir, un jour, pour d'autres contrées, juste elle et lui. La jeune femme comprenait, plus que jamais, la passion de son homme pour la navigation. Ils avaient fait le tour du monde en glissant sur l'eau ! Pour Charly ce trophée valait tous les Oscars, tous les Césars.

Après des jours de montage et de postproduction, Lucy projeta, en grande pompe, son documentaire, étourdissant de réalisme. La critique et le public saluèrent son talent. En ne filmant que l'essentiel, elle parvenait à transmettre, à travers ses images féeriques, une palette d'émotions palpables dans les salles obscures. Les spectateurs, même les plus novices, bravaient les tempêtes, retenaient leur souffle, s'extasiaient devant tant de merveilles au rythme de l'équipage et tombaient sous le charme des héros. Le film remporta plusieurs prix aux quatre coins du monde et Lucy gagna ses galons de réalisatrice.

Charly
Un mariage royal
2009

En plus de la promotion de son reportage, Lucy s'adonne à la préparation de ce jour réputé être le plus beau d'une vie. Nous célébrerons notre union dans ma ville natale. Ma future femme ne s'économise pas. Elle ne sait pas faire. Elle se lance corps et âme dans ce projet. Elle déborde d'énergie, d'idées. Elle en devient envahissante, directive. Ainsi va la tradition, nous rencontrons nos premiers différends. Il faudrait tout organiser à sa façon, penser comme elle et surtout ne pas la contredire. Pas facile pour une novice du couple de consulter l'autre, de l'écouter, de faire des concessions. Malgré les crises, son sourire, sa beauté naturelle, son côté femme-enfant balayent mes colères. Rien ni personne ne peut me faire abdiquer avec autant d'habileté. Lucy souhaite un mariage champêtre et romantique. Ma mère, mon père, ma sœur, mon beau-frère, Ana et moi sommes régulièrement «convoqués» pour faire le point. Les invités, l'église, la mairie, les tenues, les victuailles, la décoration, les chambres, les plans de table, les menus, la pièce montée, pas de place au hasard. Lucy nous épuise.

— Quant à me marier, je veux la totale !

Ma chère et tendre se vêtira d'une tenue pour la mairie, d'une autre pour l'église et d'une dernière pour la soirée. Lucy n'attache que peu d'importance à son apparence, mais pour ce jour si particulier, elle se projette en « cette salope de Cendrillon ». Je n'ai, évidemment, pas mon mot à dire. Je ne découvrirais ses toilettes que le jour J. « Ça porte malheur ! », la voilà superstitieuse ! De mon côté, j'opte pour une valeur sûre : un costume Armani.

Nous offrirons le vin d'honneur sur la place de la mairie afin de partager ce moment de joie avec les habitants, les connaissances, et pour prévenir les éventuelles susceptibilités. La réception se déroulera dans le parc de notre propriété familiale, à l'abri des regards et des importuns. Lucy et moi tenons à préserver notre intimité. Nous refusons de vendre notre mariage malgré les propositions financières plus ou moins alléchantes de différents magazines. Nous aurions l'impression de marchander notre âme. Au fil de sa carrière, la presse people est devenue la bête noire de Lucy. Au début de notre histoire, notre couple a fait la « une » de plusieurs canards. Je ne l'avais jamais vue dans cet état. Les images de nos baisers, de nos rendez-vous, de notre amour placardées, aux quatre coins de la France, la blessèrent profondément. De ce jour, elle se jurait de ne plus jamais apparaître dans ces « torchons ». Elle ne parle jamais de nous et parvient toujours à éluder toute question intrusive sur notre intimité, d'une pirouette dont elle a le secret.

Le trait d'union entre elle et moi se cristallise jour après jour. Elle m'apaise, souvent; m'affole, occasionnellement.

Nous n'avons plus jamais abordé le sujet douloureux de son passé. Je ressens sa tristesse de ne pas être accompagnée d'un papa ou d'une maman jusqu'à l'autel. Elle ne l'évoque pas. Je le devine. Elle rêve d'enfant. Elle n'en dit rien. Je l'entrevois. Elle passe un temps infini avec mes nièces. Toujours partante pour une partie de cache-cache, une course-poursuite, un chat perché, une chasse au trésor, un jeu de société. Elle passe des heures à les écouter, à les faire rire, à les câliner, et, si elle se sent observée, elle rougit. Alors, ses yeux me murmurent son désir de maternité.

Lucy possède ce truc de n'appartenir à personne. Elle va devenir ma femme mais reste insaisissable. Parfois, la peur de la voir s'effacer me tord le ventre, me plonge dans la mélancolie. La lumière comme le bonheur effraient. Il est plus facile de ne pas savoir, de ne pas connaître. Si la vie décide de vous voler quelque chose à laquelle vous avez goûté, quelqu'un que vous avez aimé, la notion de manque se dévoile et la torture se manifeste sournoisement. L'amour est un sentiment complexe, friable. Pourquoi deux êtres s'aiment-ils? Pourquoi ces deux mêmes êtres pourront-ils un jour se détester? Comment le temps parvient-il à défaire le lien si puissant qui nous engage à dire «Oui, pour le meilleur et pour le pire»? Saurais-je rendre Lucy heureuse jusqu'à la fin de ses jours? Pour elle, tout paraît plus simple. Elle avance sans se poser de question.

— Pourquoi tu te tortures l'esprit avec toutes ces questions, mon amour? Aie confiance en la vie!

Lucy et moi avons passé un pacte : je lui promets de ne plus traîner dans ses pattes si j'ai l'entière liberté d'organiser notre voyage de noces. Marché conclu. Je suis en quête d'une escapade romantique. J'aimerais la surprendre, faire de ces quelques jours un souvenir inoubliable. Parmi toutes les destinations de rêve, des Maldives aux Seychelles en passant par les Caraïbes, mon choix s'arrête sur Bali, « l'île des dieux ».

Le lendemain de notre union, nous embarquerons pour Paris. À l'aéroport Charles-de-Gaulle, je lui banderai les yeux. Elle se laissera guider. Tout du moins, je l'espère. Peu de temps après le décollage, elle devinera notre destination à force de questions et d'obstination.

Notre avion se posera vers quinze heures, heure locale, à l'aéroport du nom de Ngurah Rai, avec quelque vingt heures de voyage au compteur. Notre chauffeur personnel (ça le fait non ?!) nous attendra devant la sortie avec un petit écriteau sur lequel sera inscrit, pour la première fois, Mme et M. Bélarté. Nous nous arrêterons pour une collation à Denpasar, capitale de cette île au charme et à l'esthétisme magnétiques. Ensuite, nous roulerons environ quarante-cinq minutes pour nous rendre à Ubud. Une ville construite autour de la flore et de la faune, un jardin à ciel ouvert. En chemin, nous découvrirons les paysages idylliques de cette carte postale animée. Je nous imagine les yeux rivés aux fenêtres de notre voiture, émerveillés devant tant de beautés. Nous arriverons, épuisés mais enchantés, à l'orée d'un hôtel majestueux, au cœur de la forêt tropicale, où une villa avec piscine privative à débordement, surplombant une vallée luxuriante, nous sera réservée. Je veux du beau, du grand. Nous apprécierons la cuisine traditionnelle. Le fameux « poulet Satay » ou encore « l'urab », délicieux mélange de noix de coco, petits légumes finement hachés, parfumés d'épices et de piments.

Le «l'ayam batutu», poulet farci grillé, servi avec des légumes, du tapioca et de la noix de coco. Le «bebek betutu», un canard farci et longuement cuit à l'étouffée dans une feuille de bananier et pour finir le «babi gulling», cochon farci et rôti à la broche. Autant de délices aux saveurs exotiques. Et puis, tout au long de ce voyage, nous visiterons, en scooter, des lieux surprenants, féeriques.

Nous sillonnerons des routes ornées d'autels, d'offrandes de fleurs aux couleurs locales. Nous assisterons aux cérémonies, aux rites et aux fêtes des Balinais. Nous visiterons le temple hindouiste de Pura Tanah Lot, site incontournable pour les amoureux de la navigation, perché au sommet d'un imposant rocher surplombant l'océan Indien et accessible à marée basse. L'histoire raconte que ce paradis dédié à la mer aurait abrité le saint prêtre Dang Hyang Nirartha. Il cacherait en son sein une source d'eau douce cernée par les eaux salées.

Nous flânerons dans les ruelles animées d'Ubud avec ses édifices, ses centres de yoga, ses musées, ses boutiques chatoyantes.

Nous nous engagerons vers Sidemen au nord-est de l'île, au pied du mont Agung. Aux premières lueurs du jour, les filets de brume se décrocheront des montagnes tels des fantômes errants. Nous déambulerons sur les plages de sable noir avant de gravir les collines où s'étagent les rizières verdoyantes de Jatiluwih inscrites au patrimoine de l'UNESCO et dont la lumière fait danser les courbes. Nous serons invités dans des maisons d'artistes pour apprécier les expositions de peintures dont certains auteurs ne sont pas plus hauts que trois pommes. Nous ferons un détour par Munduk et contemplerons la fameuse cascade Melanting Waterfalls. Nous ferons route vers Jimbaran Bay, le nirvana des sunsets, pour un dîner aux chandelles sur la plage. Au menu, grillades de poissons frais face au ciel paré de couleurs volcaniques. Nous ne résisterons pas à une soirée endiablée dans l'effervescente ville de Kuta, le Goa indonésien. Au Mamasan, à Seminyak, le meilleur mojito coco nous enivrera. Nous poserons nos valises, quelques jours à Nusa Lembongan. Une petite île de quatre kilomètres de long aux rivages paradisiaques. Des villages restés authentiques, des plages enchanteresses.

Nous terminerons notre lune de miel par une parenthèse sur Lembongan Island au sud-ouest de Bali. La beauté sauvage, les falaises, le sable blanc, la mer turquoise. Incitation à la volupté et à l'amour. Le calme, la douceur et la gentillesse des habitants de ce bout de terre de l'archipel indonésien troubleront profondément Lucy.

On frappe à la porte. Je sursaute tel un enfant pris sur le fait.

— C'est qui ?

— Ton père.

— Entre.

— Ça va mon fils ? Qu'est-ce que tu fais ?

— Je m'occupe de notre lune de miel.

— Comment te sens-tu à deux semaines de ton mariage ?

— Euh… Je sais pas trop. Excité, anxieux, nerveux mais tellement heureux. Pourquoi ?

— Comme ça. Ce n'est pas anodin de se marier, surtout pour quelqu'un qui ne supporte pas l'engagement.

— En fait, je me pose des centaines de questions… comme tout le monde, j'imagine… enfin, sauf peut-être pour Lucy !

— J'aime beaucoup Lucy.

— Moi aussi !

— Elle est attachante, surprenante, très belle, mais curieusement, j'ai le sentiment de ne pas la connaître vraiment.

— Ben comme ça, on est deux.

— Et ça ne t'inquiète pas ?

— Si, constamment. Et en même temps, c'est ce qui me plaît chez elle. Rien n'est jamais gagné, jamais acquis. J'ai peur qu'elle m'échappe, mais son amour absolu me bouleverse.

— Tu as confiance en elle ?

— À cent pour cent. Pourquoi ?

— Les personnes à l'image de Lucy sont des mystères et nous ignorons ce qu'elles cachent au fond d'elles.

— Je crois savoir. Je pense qu'elle m'a tout raconté, du moins l'essentiel. Elle ne m'a rien promis, tu sais. C'est impossible pour elle. J'ignore ce que la vie nous réserve mais je suis sûr de l'aimer tout entière.

— Viens dans mes bras, mon fils.

Je ne me suis plus blotti contre mon père depuis une éternité. Il a vieilli. Son corps imposant se relâche. Ses cheveux gris ont gagné la bataille, sa barbe blanche s'est allongée avec les années, ses lunettes lui confèrent des faux airs du grand-père de Heidi. Je reconnais son parfum, le même depuis mon enfance, fragrances de vanille, de résine de fève de tonka mêlée aux notes de bois précieux et épices exotiques. Ma tête sur son épaule, tel un enfant, je sens son émotion s'échapper de ses grosses mains qui caressent mon dos. Mes yeux pleurent sans raison. Un frisson me parcourt l'échine.

— Je suis fier de toi, de ce que tu es devenu, de l'homme que tu es. Je t'aime.

— Moi aussi papa.

Je le regarde quitter ma chambre. Délicieuse plénitude. La reconnaissance d'un père, celle que l'on recherche tous, celle qui nous façonne, qui nous encourage, qui nous porte toute une vie.

Lucy
Un mariage de princesse
2009

Entre la promotion de mon documentaire et les préparatifs du mariage, je suis au bout de ma vie. Et pour être tout à fait honnête, mon côté perfectionniste, plutôt chiant, ne facilite la tâche à personne. Les prises de tête entre Charly et moi se multiplient. Je ne sais pas décider à deux, penser à deux, choisir à deux, tout faire à deux. Je suis dans l'urgence. Je vais vite, trop vite pour les autres. Si j'étais chef d'entreprise, mes employés lanceraient une pétition et exerceraient leur droit de retrait. Ils manifesteraient pour demander ma tête et écriraient au président de la République pour dénoncer ma tyrannie. Je suis incapable de déléguer. Je m'emporte. Je fais la gueule. Je m'excuse. Insupportable. Bref, quoi qu'il en soit, notre union sera magnifique, en tout cas, j'aurai tout fait pour, jusqu'à me mettre à dos mon amoureux, ma belle-famille, ma meilleure amie. Et si nous commencions par le divorce, en fait ?!

Je ne parviens pas à calmer le flot de questions qui tracasse mon amoureux. Il est absurde de lui jurer un amour éternel, une vie de rêve ou, mieux encore, une vie rêvée. Je refuse de lui mentir et, par-dessus tout, je déteste ne pas tenir mes engagements. D'ailleurs, notre dernier entretien avec le curé allait dans ce sens. Je lui ai, simplement, suggéré de supprimer tous les termes associés à un supposé futur tels que « pour toute la vie ou toute votre vie etc. ». Bon, on ne va pas se mentir, je n'ai pas vraiment marqué des points sur ce coup-là. Sa stupéfaction était palpable.

— Mais enfin Lucy ! On se marie pour la vie !

— Ben, j'en sais rien, moi.

— Comment ça, vous ne savez pas ?

— Ben non, je ne sais pas. Je ne sais pas si je vais passer ma vie avec Charly, et je m'en moque en plus. Tout ce qui m'importe c'est de le rendre heureux, de partager ce bonheur avec lui, mais je ne sais pas pour combien de temps ! Personne ne peut savoir. T'es pas d'accord avec moi, Charly ?

— Je ne suis pas sûr que ce soit ni le moment, ni la bonne personne pour parler de tout ça, Lucy.

— Ben si, justement, au contraire, c'est maintenant ou jamais. Vous pourriez peut-être le soumettre au pape, non ? La vie change, la société évolue… Nous pourrions aussi faire bouger les psaumes, les prières, les textes…

— Lucy, le mariage à l'église est sacré ! Sinon, mariez-vous à la mairie, tout simplement.

— Ben non, moi je veux un vrai mariage ! Avec l'église, les fleurs, le riz, les demoiselles d'honneur, tout, quoi ! Je sais que c'est sacré, mais justement quand on connaît les statistiques sur le divorce, on pourrait peut-être arrêter de se mentir. La notion de SACRÉ serait plus juste, vous ne pensez pas ?

— Lucy, euh… Tu compliques tout, là ! On a plein de trucs à faire. On en reparlera un autre jour, tu veux bien. Désolé, mon père.

— Pardon, pardon, ça va, je m'excuse. En attendant, je n'ai aucune certitude et par conséquent j'ai beaucoup de mal avec les paroles définitives. Voilà, c'est tout... Ça nous rend malhonnêtes envers ceux qu'on aime et ça me dérange. Ça peut s'entendre, ça, ou pas ?

De quoi sera fait notre futur ? Que répondre à cette question sans illusion, sans mensonge ? La vie est un cheminement pourvu d'adversités, de trous d'air, de joies. L'incertitude effraie les gens en général, et mon amoureux en particulier. Elle n'est pourtant qu'une ouverture sur une multitude de perspectives, vers l'infini des possibles. Pourquoi l'être humain se torture-t-il à désirer tout savoir, tout comprendre, tout contrôler, tout programmer, tout en sachant que rien ne se passera comme espéré ? Aucune place à l'imprévu, la déception au moindre dérapage, le découragement face à l'échec et la dépression inévitable. Je n'ai aucune certitude, seulement la conviction de chérir cet homme plus que tout et de vouloir partager ce que nous avons à partager, que ce soit pour deux jours, trois mois ou toute une vie.

Hier, Ana et moi sommes allées à la Madrague, à Anglet. J'adore m'enfuir vers l'Océan lorsque la pression se fait trop forte. En moins d'une heure, la plage déserte bordée de verdure s'ouvre à nous. Seules au monde. Après une marche apaisante, on s'attable au « Comptoir de la plage » et on savoure un plateau de fruits de mer accompagné d'un verre de blanc, face à l'immensité.

Devant le spectacle d'un magnifique coucher de soleil, l'émotion me prend de court. Les larmes emplissent mes yeux et Ana, surprise, attrape ma main.

— Hey, qu'est-ce qui t'arrive ?
— Rien... La fatigue.
— T'es heureuse ?
— Ça en est parfois indécent.
— Tu le mérites, Lucy.
— Je crois que je ne suis pas tout à fait finie.
— Pourquoi ?
— Il est rare que je me pose des questions, t'es d'accord ? Eh bien, quand j'ai le malheur de m'en poser, les gens me prennent pour une folle.
— Qu'est-ce que tu racontes ?
— Je suis incapable de jurer l'amour éternel.
— Lucy, ce sont des mots, juste des mots.
— Ben justement... Ça veut dire quoi, alors ? Des paroles en l'air, des mensonges ?
— Arrête, s'il te plaît... Arrête, avec ton monde de « Bisounours ». Tout le monde arrange la vérité. On dit tous des choses qu'on ne pense pas vraiment pour faire plaisir aux autres.
— OK, OK, c'est bon ! Oublie ce que je viens de dire. Je ne dois pas être faite comme tout le monde. Je vais me marier, Ana, m'engager ! Je ne serai plus libre de partir, de rester, de m'envoler.
— Bienvenue dans la vraie vie !
— D'accord, parce que je n'étais pas dans la vraie vie ?
— Non, non, Lucy, t'étais dans ta bulle. Un espace virtuel dans lequel tu te croyais libre mais en exode perpétuel. La fuite de tout, de rien, de toi, du bonheur, de la déception. On ne passe pas une vie à esquiver par peur de tout perdre une nouvelle fois.
— Ah, la psy se remet en route. OK ! Un point pour toi ! En même temps, c'est super confortable.

— J'imagine. Prendre le risque d'assumer ses sentiments est le plus beau et le plus difficile des défis à relever. Pourquoi tu aimes Charly ?

— Pourquoi je l'aime ? Ben, je sais pas, je ne me suis jamais posé la question… Je l'aime, c'est tout.

— Mais encore, qu'est-ce qui te plaît chez lui ? Qu'est-ce qui t'attire ? Qu'est-ce qui fait qu'il est différent des autres ?

— Tout.

— C'est pas une réponse.

— Tu m'emmerdes avec tes questions, Ana ! Euh… J'aime son courage, sa détermination, son assurance. Je suis fière de lui. J'aime sa façon de me regarder, de me toucher, au sens propre comme au sens figuré. J'adore le contempler. J'aime sa façon d'être lui-même, quels que soient le moment, les gens, le lieu. Il ne joue pas, jamais. Il ne cherche pas à plaire à tout prix. Il a une belle âme, un cœur énorme.

— Ah, ouais ! Quand même ! Si toutes les femmes pouvaient répondre à cette question de la même manière, le monde irait mieux. Tu as compris ce qu'était l'amour. Le vrai. Tu l'aimes pour les bonnes raisons.

Nous levons nos verres à notre amitié, à l'amour, à la vie, à mon mariage et à l'instant présent.

Au résultat des courses, notre union sera célébrée à l'église en grande pompe et je jurerai (sans croiser les doigts !) de l'aimer pour l'éternité. J'ai choisi mes tenues, une vraie princesse. Pour la mairie, une robe courte, couleur vieux rose, imaginée par Isabel Marant. Pour l'église, une robe dessinée par mes soins, d'inspiration chic bohème et réalisée par un ami styliste. Un corsage délicatement recouvert de chantilly dégage mes épaules et met en valeur mon dos grâce au décolleté profond en V. Ma taille est soulignée d'une ceinture en satin de soie, le haut de la jupe d'une basque de dentelle. Plusieurs étages de tulle de soie posés sur un fond en satin doublé d'un shantung légèrement craquant pour le volume de la jupe. Une robe élégante et simple. Côté coiffure, cheveux libres, en cascade, ornés d'une couronne de roses fraîches sur le sommet du front. Pour danser et faire la fête jusqu'au bout de la nuit, j'ai craqué pour un smoking en soie, couleur crème, divinement coupé, complété d'une paire de Converse gris perle. La réception aura lieu dans le parc de la propriété, à l'abri des rats d'égout. L'idée que l'on puisse nous voler ces instants me rend dingue.

Peu de temps après notre première escapade sur l'île de Beauté, notre intimité s'est retrouvée à la « une » de nombreux torchons, placardée sur les devantures des points presse, dans les gares, les aéroports. Nous étions partout. Nous deux sur la plage main dans la main, à la terrasse d'un restaurant les yeux dans les yeux. Moi, en petite tenue sur le balcon de notre chambre. Imaginer ces gens nous épier, nous suivre, nous traquer a provoqué chez moi une réaction exacerbée. Un sentiment de colère incontrôlable. Cette intrusion dans notre espace m'a donné la gerbe. J'en voulais à la terre entière. À celui qui avait donné l'info, à ceux qui nous avaient suivis, à ceux qui avaient publié les photos, à ceux qui se faisaient du fric sur notre histoire encore si fragile. Avec leurs yeux dégueulasses, ils salissaient la pureté de notre amour. Durant des semaines, je me suis sentie observée, dévisagée par les passants, par la boulangère qui mourait d'envie de m'interroger sur Charly. Son héros. Je me retournais, régulièrement, dans la rue, de peur d'être suivie. Je ne faisais plus de réservation à mon nom. Je devenais complètement parano. Et puis, le temps a fait son travail. Les vertus du temps qui passe. Il lave, efface, panse les blessures les plus tenaces. Il crée des souvenirs, nous aide à grandir, à évoluer, à se bonifier.

Bref, revenons à cette grande soirée. Réfléchir, anticiper. Tout ce que je déteste ! Les tables en bois seront dispersées aux quatre coins du parc, toutes recouvertes de dentelle, délicieusement parées de photophores, de petits bouquets de fleurs coupées, de ballottins de dragées, sans oublier les centres de table composés de gypsophile et de roses multicolores. J'ai imaginé un toit de voiles transparents couverts de gouttelettes d'eau lumineuses telle une pluie d'étoiles suspendue entre ciel et terre. Ma belle-sœur dessinera des petits sentiers bordés de ballons illuminés. Ma belle-mère confectionnera des compositions florales et les exposera dans des caisses en bois, des pots en zinc, des soliflores accrochés aux branches. La table des mariés sera habillée d'une coulée de fleurs blanches et violettes de part et d'autre. Il y aura des fanions, des guirlandes. On inventera un arbre à vœux. Les « Jam », trio de musiciens parisiens, amis de longue date, animeront la première partie de soirée avant l'entrée en scène d'un DJ célèbre. Rien que d'en parler j'en ai le tournis. Trop de choses à faire, à penser, à réfléchir... Ce n'est vraiment pas fait pour moi.

Je vais devenir la femme de quelqu'un, changer de nom. Ma mère est omniprésente, ces jours-ci. Encore un événement que je vivrai sans elle. Est-elle encore en vie ? J'imagine que oui. Je l'aurais su, sinon. Enfin, je crois. Quoique. Pense-t-elle à moi de temps en temps ? A-t-elle cherché à me revoir ? Est-elle heureuse ? Comment peut-on être heureuse après avoir abandonné un enfant ? Est-il possible de faire comme si de rien n'était ? De faire table rase ? Plus je m'ancre dans la vie, plus je ressemble à tous ces gens dont l'attitude me semblait si incongrue. C'est Ana qui a raison. Avant Charly, je survolais mon existence. Je pensais vivre chaque instant à fond, mais je fuyais la réalité. J'avançais sans projet, sans attache, sans exister vraiment. À cet instant précis, j'ai peur comme jamais, mais je me sens tellement vivante. Le cœur battant et le désir de porter la vie.

Le jour tant attendu
2009

Les amoureux se mariaient le jour des trente-six ans de Lucy, le dix avril 2009. Le soleil s'animait. Les oiseaux roucoulaient. Le printemps s'installait. L'excitation était à son comble. Les premiers invités arrivaient la veille. Les futurs mariés avaient réservé chez Dédé pour lancer les festivités. Ambiance chaleureuse d'un dîner bien arrosé avant une virée dans la boîte de nuit du coin, nostalgie d'une jeunesse pas tout à fait perdue, mais révolue. Prémices d'un beau mariage. Lucy n'avait pas fermé l'œil de la nuit. Elle ne se reconnaissait pas. Anxieuse, elle ne voulait rien oublier, tout contrôler, tout maîtriser. Paradoxalement, tout ce qu'elle détestait. Ce jour devait être mémorable. Charly passa la journée avec son père, Joseph, ses témoins et ses amis proches. De son côté, Lucy se faisait choyer par sa future belle-mère et sa meilleure amie. Elle ressentait l'amer sentiment d'être «sans famille» et rêvait d'une maman et d'un papa. Ana lut dans ses pensées.

— Tu n'es pas toute seule, ma belle amie. On est là.

Lucy répondit d'un sourire.

L'étape de la mairie se déroula dans la bonne humeur. En trente minutes, l'affaire fut bouclée. Lucy et Charly prononcèrent leur premier consentement, non sans émotion. Les invités désertèrent peu à peu la mairie après la signature du registre et la remise du livret de famille. Lucy embrassa son prince charmant, on applaudit, et elle s'échappa telle Cendrillon pour se muer en princesse.

À seize heures quarante-cinq, elle se glissa dans sa robe de mariée. L'émotion était à son comble. Marie l'aida pour les dernières retouches. Ana, les larmes aux yeux, déposa délicatement la couronne de fleurs fraîches sur le sommet du front de son amie. Stella s'admirait dans sa robe à volants tandis que la maquilleuse finissait de sublimer l'héroïne de la journée. De son côté, l'église se remplissait, dans le brouhaha, au son des musiques et des chants choisis pour l'occasion. Vers dix-sept heures vingt et avec cinq minutes de retard, Lucy et le père d'Ana s'approchaient du petit pont en pierre qui menait à l'église.

— Ça va?

— Je crois…

— Tu es ravissante. C'est un beau cadeau que d'être à tes côtés pour ce grand jour.

— Merci, Yann, merci pour tout. Pour ce que vous m'avez apporté toutes ces années, merci pour votre amour, merci d'avoir été là.

Charly accompagna Marie et Joseph à leur place avant de rejoindre l'autel. Amandine, son mari et leurs deux filles se trouvaient juste derrière. Le marié attendait face à l'imposante porte d'entrée l'apparition de la femme de sa vie. Ana, sa mère et Stella s'installèrent sur le banc, côté mariée, pour combler l'éternelle absence de la famille de Lucy. Lorsque la voix de Ray LaMontagne sur la chanson « You Are the Best Thing » résonna au cœur de la nef, Lucy, au bras de Yann, franchissait le seuil de l'édifice. Charly ne souriait plus, ne respirait plus, subjugué par les deux silhouettes qui avançaient dans le contre-jour. Il découvrait Lucy dans sa robe divine. Image onirique. Son cœur battait si fort qu'il crut ne jamais tenir jusqu'au bout. Les secondes paraissaient une éternité. À la fin de la marche nuptiale, Lucy glissa sa main dans celle de son homme. Ils se regardèrent un long moment, conscients de partager un des moments les plus forts de leur existence. La cérémonie pouvait débuter.

Il y eut la première lecture tirée de la Bible, le psaume, la parole de Dieu lue par le prêtre, l'échange des consentements, les « OUI » emplis d'émotion, la bénédiction des alliances portées par Stella, Clémence et Capucine, les nièces de Charly, pour sceller leur union, les prières des époux. Un mariage dans les règles de l'art, comme l'avait souhaité Lucy.

Les amis, puis les enfants d'honneur quittèrent l'église, s'ensuivirent les mariés, Lucy à gauche de son mari. Une pluie de pétales de rose et de riz s'abbatit sur l'assistance, les cris emplirent les rues de Saint-Jean-Pied-de-Port. À la fin de la séance photo, les uns et les autres se dirigèrent vers la mairie pour le vin d'honneur. Monsieur le maire fit un discours simple et jovial des débuts chaotiques de Charly en mer jusqu'à ce jour. Vers vingt heures, la propriété familiale ouvrit ses grilles et accueillit, au son des groupes phares des années quatre-vingt, les convives.

À la table des mariés, Suzanne, l'agent de Lucy, Ana et ses parents entouraient la jeune femme. Le dernier convive installé, l'incontournable rituel des discours pouvait commencer. Joseph prit la parole en premier.

— Chers tous, permettez-moi de vous interrompre quelques instants. Tout d'abord, je souhaite vous remercier toutes et tous pour votre présence. C'est un grand jour pour la famille Bélarté ! Charly, mon petit garçon solitaire, passionné, a, enfin, rencontré sa perle rare, et je tiens à souhaiter à Lucy la bienvenue dans nos cœurs. Aujourd'hui, mon fils, je ne te regarde pas prendre la mer mais te regarde partir pour la grande aventure de l'amour. Fêtons tous ensemble cette union et souhaitons aux mariés de vivre heureux et de s'aimer jusqu'à la fin de leurs jours.

Les applaudissements et les larmes de Charly furent interrompus par Amandine.

— Bon, on n'est pas là pour pleurer. Je vous ai préparé une surprise.

Elle déroula, avec l'aide de son mari, un immense écran blanc sur la façade de la bâtisse du XIXe et lança le diaporama entrecoupé de montages de petits films, de la naissance de son frère jusqu'aujourd'hui. On entendait des murmures, percevait des sourires, devinait des rires, des « ho ! », des « ha ! ». On se souvenait. Le film se clôturait sur une sublime photo de Charly et Lucy à l'arrivée du trophée Jules-Verne.

— Ça se passe de commentaires ! Je t'aime, mon frère, et je suis ravie pour toi. Lucy, je te souhaite bien du courage pour le supporter, mais je sais que tu en as. Je passe la parole à Ana.

— Bonsoir à tous… je ne suis pas très douée pour ce genre d'exercice… Et je m'en excuse par avance. Je connais Lucy depuis l'adolescence et je ne pensais pas que ce jour arriverait. Lucy est chiante, difficile, intransigeante, et je désespérais qu'un homme puisse trouver grâce à ses yeux. Lucy est entière, fidèle et mystérieuse. C'est un être rare. Elle est fragile et courageuse, forte et sensible. Je pense que Charly a tout pour te rendre heureuse. Bref, ma Lucy, je te souhaite tout le bonheur que tu mérites et un amour éternel. Charly, si tu as besoin du mode d'emploi, n'hésite pas, mais il me semble que tu as parfaitement cerné l'animal… Je lève mon verre à vous, à la vie, à l'amitié, à l'amour.

C'était maintenant au tour du marié, tout ému.

— Bonsoir à toutes et à tous… merci d'être à nos côtés pour ces moments aussi incroyables qu'improbables. J'ignorais tout du bonheur avant de rencontrer Lucy. Maman, papa, merci pour votre exemple, pour votre bienveillance et pour m'avoir soutenu, accompagné. Vous m'avez montré le chemin jusqu'à elle. Mon soleil… Que te dire que tu ne sais pas déjà ? J'espère t'apporter tout ce que tu désires, tout ce que tu mérites. Tu es un être merveilleux de pureté, d'intelligence, de générosité… Oui, tu as des défauts, tu cries, tu t'énerves, tu boudes, mais la vie à tes côtés est une croisière sur un fleuve d'amour. Merci d'être ma femme… Je lève mon verre à toi, et à vous tous.

Il se retourna vers Lucy qui ne retenait plus ses larmes. Il la serra dans ses bras, essuya les traînées de mascara sur ses joues. Ils s'embrassèrent une éternité. C'était à son tour de prendre la parole. L'actrice, emportée par ses émotions, perdait ses moyens.

— Mon bel amour… Je rends grâce au ciel de t'avoir déposé sur mon chemin. Tu es la plus belle chose qui me soit arrivée. J'apprends la vie avec toi. J'apprends à devenir femme. Je suis heureuse à tes côtés et je souhaite par-dessus tout te rendre ce que tu m'offres tous les jours. J'aime te voir le matin au réveil, le soir au coucher. Je suis fière de toi et de ce que tu entreprends. J'espérais un être à part, différent, et la vie m'accorde un être rare. Je t'aime tout entier et souhaite faire de toi le plus heureux des hommes. Merci à tous d'être présents ce soir. Que la vie nous préserve tous.

Plus tard, Charly et Lucy ouvrirent le bal sur leur chanson « Ma préférence ». Vers minuit, le marié pria l'assemblée de s'asseoir. Les détonations, les étincelles, la pluie de lumière, sur une musique coordonnée, illuminaient le ciel avant de finir en apothéose par un énorme cœur rouge dessiné dans la noirceur de la nuit. Une fois encore, Charly lisait l'enchantement sur le visage de sa femme. Hypnotisée par le spectacle, elle ressemblait à l'enfant qu'elle n'avait jamais pu être. Elle se blottit dans les bras de son homme, prête à aborder le nouveau chapitre de sa vie.

Lucy
L'enfant de l'amour
2009

Le miracle s'est produit le 16 avril 2009 lors de notre voyage de noces à Bali. Une symbiose parfaite entre nos corps, nos âmes, nos cœurs. Depuis, je garde le silence. Ne pas occasionner de fausse joie, ou juste appréhension ? Charly a très vite évoqué son désir de paternité. Je laissais faire la vie sans me projeter. Depuis notre mariage, tout s'harmonise pour mon mari. Ses angoisses se sont envolées le 10 avril 2009. La signature d'un bout de papier le rassurait définitivement sur l'avenir de notre histoire. Pour lui, rien d'extraordinaire dans notre romance. Il a grandi entouré d'une famille aimante, dans un cadre rassurant. Marguerite Duras écrivait : « Il reste toujours quelque chose de l'enfance », qu'elle soit réconfortante et joyeuse, ou angoissante et violente. Marie et Joseph ont légué à mon mari les clefs d'une vie épanouie. Ils n'imaginent pas la valeur inestimable de ce cadeau.

Charly rêve d'une petite fille, « aussi jolie que sa maman ». Je préférerais un petit garçon. Pour ne pas reproduire les mêmes schémas. Le parcours des femmes de ma famille est délicat et répétitif. Un petit homme viendrait briser la chaîne de l'héritage transgénérationnel suggéré par Jung. Je veux effacer les fantômes du passé, faire taire l'écho du déjà vécu. Plus de date, plus de fatalité, plus de deuil, plus de séparation violente, plus d'abandon. Protéger mon enfant des empreintes de l'abîme. Le libérer de ces « rendez-vous » non désirés avec la mémoire familiale. Alléger son existence et lui permettre d'écrire sa propre histoire.

Je regarde le résultat de la prise de sang. Il confirme mon intuition. Je suis enceinte de plus de deux mois. Je porte la graine de l'amour dans mon ventre. L'émerveillement face à ce mystère me bouleverse, mais pas tel que je l'imaginais. Le choc est brutal. On ne peut décidément pas tout envisager. Truffaut disait : « La vie a beaucoup plus d'imagination que nous. » Qui aurait cru ? Qui aurait dit ? Ma destinée déroule son dessein, tout en douceur, sous mes yeux éberlués. J'ai besoin d'une clope et d'un verre. Je sais, c'est pas bien. Je suis responsable de cet être à l'orée de sa vie. Je devrais sauter de joie, et la mélancolie l'emporte. Pourquoi suis-je ainsi faite ? Systématiquement à l'envers des autres. En si peu de temps, ma vie a chaviré : coup de foudre, mariage, bébé… Le bonheur absolu pour les gens normaux. Je sens les larmes couler sur mes joues. Sans le savoir, durant toutes ces années, je cherchais l'amour, la reconnaissance des uns et des autres pour oublier la fillette blessée. Un autre verre. Je laissais pour compte l'obscurité et négligeais l'ironie de la vie avec sa fâcheuse tendance à nous ramener vers la réalité, tôt ou tard. C'est un truc de dingue, cette façon de me déstabiliser à chaque moment crucial. Ai-je vécu jusque-là dans l'insouciance ? La mort ne me faisait pas peur. Le manque ne m'inquiétait pas. Le passé était oublié, ou presque. Le futur n'existait pas. J'avançais sans réfléchir, ancrée dans le présent. Je pouvais me relever ou bien mourir. S'investir dans l'amour remet tout en question. Prendre soin de l'autre, de nous, faire attention à lui. Attendre, espérer. Avant, il y avait moi… Et moi. Aujourd'hui, j'apprends des sentiments inconnus. S'attacher revient à s'aventurer dans une situation singulière. La crainte d'un amour avorté, du rejet de l'autre, de la trahison, de la perte de l'autre. Encore un verre. Il en va de même pour l'argent. Lorsque l'on vit avec le minimum, on s'adapte du mieux possible. On fait avec. On n'a pas le choix. Le jour où l'on gagne plus, on prend des habitudes. Un petit plaisir par-ci, un autre par-là. On pense aux impôts. On cherche à investir, à économiser. On redoute les temps où l'on gagnera moins. On découvre la liberté qu'apporte l'argent et on s'y attache. On sait que l'on peut vivre sans, mais c'est tellement plus facile avec. L'amour, l'argent, les responsabilités, la maternité, suis-je en train de devenir adulte ? Il serait temps… Et c'est quoi, au juste, un adulte ? Une personne entre l'adolescence et la vieillesse ? En fait, c'est le début des emmerdes. Une sorte de corridor dans lequel la liberté cède docilement la place à la prudence, où les peurs s'animent. La peur… Quel insupportable sentiment. Elle abîme la vie. Elle nous paralyse. Mado me disait souvent : « Vide ton cœur de la peur, ma petite fille, elle est l'ennemie de la paix. Elle est comme une maladie. » J'ai toujours vécu dans le détachement, en ayant foi en quelque chose de plus grand, qui m'a rendue plus forte et plus humble.

Je ne louperai pas le train du bonheur, maintenant que j'y ai goûté. Je m'efforcerai de garder ma légèreté d'être, mes éclats de rire. Je refuse d'être dépouillée de ce que je suis et continuerai de vivre au jour le jour. Je rejette le besoin de tout calculer, de tout planifier dans l'espoir, vain, de me tranquilliser. Je veux garder la liberté du temps qui passe, de mes actes, de mes pensées… Mon portable sonne… C'est Charly… Je ne peux pas répondre. Il sentirait mon trouble. Il connaît mes intonations, mes réactions par cœur. Si je monte dans les aigus, il devine mes angoisses. Si je pars dans les graves, il flaire mes coups de blues. Le silence revient et la tempête de mon esprit, perdu dans les brumes de la confusion, reprend son galop. Je voudrais annoncer la nouvelle à Marie-Lou, à Mado, à un père, à un oncle, à tous ces absents. Le passé se fracasse contre les parois du présent. Je n'ai personne de mon sang, de ma famille avec qui partager cette aubaine. On ne m'a pas appris à être maman. J'ai trop bu. Je dois me ressaisir, empêcher mes peurs, mon ego de prendre le dessus. Je vis un tsunami émotionnel. Les hormones ? Déjà ! Ça va passer. On remet le couvercle. On passe à autre chose.

Les premières lueurs me réveillent. Je me suis endormie sonnée et habillée sur le canapé. Ma messagerie est saturée par l'inquiétude de Charly. Je le rappelle. Il est injoignable. Je laisse un message sans me justifier. Je lui dis que je l'aime, qu'il me tarde de le retrouver. En préparant mon café, machinalement, ma main caresse mon ventre. Je souris. Sur la terrasse, j'allume une cigarette, l'écrase dans la foulée. Je dois prendre soin de cette petite chose. Je vais être maman. Le désir de maternité n'a jamais été une priorité. Il est apparu le jour où je suis tombée amoureuse de Charly. J'ai vu en lui un papa formidable, capable de combler mes incompétences en la matière. Il est solide, aimant, intelligent, généreux. Que peut-on demander de plus à un père ? C'est vrai, ça… Qu'est-on en droit de demander à un papa, à une maman ? En général, un bébé est l'aboutissement d'un grand amour, le désir de deux êtres. Un enfant ne demande pas à naître. La décision de le faire exister appartient aux futurs parents. Le plus souvent. C'est un engagement total. Une responsabilité énorme qui n'engage pas seulement un couple mais aussi les innocents de l'amour.

Charly rentre dans deux jours. Je ne peux pas garder le secret plus longtemps. Comment vais-je lui apprendre ? Chaussons miniatures déposés à sa place dans notre lit. Bof... Trop classique. Une layette pendue dans l'armoire de son côté. Peux imaginer mieux. Une grille de mots fléchés avec la phrase « je suis enceinte » cachée au milieu des cases. Pas la patience. J'opte pour la chasse au trésor. Je maîtrise parfaitement l'art du Post-it ! J'en colle partout, sans arrêt, pour me souvenir, pour crier mon amour, pour une idée, une phrase, une citation, la liste des courses le plus souvent oubliée, sur la porte du frigo. J'imagine un tee-shirt avec côté face un portrait de Charly, un autre de moi et un énorme « + » en rouge entre nos deux visages. Côté pile, deux points d'interrogation l'un bleu, l'autre rose. Classique mais efficace. J'emporte le prototype chez un pote à moi, il sera prêt demain soir. Parfait. Il ne me reste plus que la rédaction des indices sous forme de jeu de piste. À chaque bonne réponse, une récompense, un paquet de fraises Tagada, un de chamallows, un autre de Carambar, une pomme d'amour et, pour finir, un œuf Kinder géant juste avant l'arrivée devant le trésor. Très bon pour la couvade.

J'appelle Ana.

— Qu'est-ce que tu fais ?
— Je déteste quand tu commences tes conversations comme ça !

— Ah, oui, pardon. Bonjour, Ana ! Comment vas-tu ? Bien dormi ? As-tu fait des mauvais rêves ? Veux-tu…

— C'est bon ! C'est bon, Lucy ! J'ai encore un patient et je suis en pause.

— Tout ça pour ça ! On se rejoint au « Petit Cambodge ». Je t'aime.

— Moi aussi !

Après quelques banalités, Lucy dévisagea son amie.

— Quoi ? Pourquoi tu me regardes comme ça ?

— Tu ne remarques rien ?

— Non ! Ah, si t'as les cheveux sales, non ! ? T'as une sale gueule, aussi.

— Sympa, merci… Regarde là… Mon visage.

— Quoi, t'as fait des injections ?

— Mais non !

— Ben, je ne sais pas ! T'es comme d'habitude.

— Mais sinon ?

— Oh, Lucy, tu me soûles, en plus je n'ai pas beaucoup de temps…

— Tu vois rien, alors ?

— Lucy, arrête.

— OK ! Et là, tu vois rien, « mammairement » parlant ?

— T'as pas fait ça ? T'as une poitrine magnifique. Ne me dis pas que t'as fait comme toutes ces connes ?! En plus, il paraît que ça fait un mal de chien. Et après ils ne bougent plus, ils restent en l'air quelle que soit ta po…

— Non, non… Ils ont grossi ou pas ?

— Tu l'as fait, alors !

— Je te dis que non.

— Ben quoi alors ?

— …

— Non…
— Si…
— Mais non…
— Mais si…

L'émotion s'empare d'Ana.

— Comment c'est arrivé ?
— Ben, en fait, le monsieur a mis la petite graine dans le ventre de la madame…
— Mais t'es con ! Je voulais dire, tu le savais ? Enfin, tu, vous… Vous en vouliez un tout de suite ?
— Charly plus que moi, mais je n'ai rien fait pour que ça n'arrive pas.
— Je le crois pas. Alors là, c'est la totale ! Plus une seconde de sérénité, peur de tout, l'impression que ton cœur est hors de toi, de ton corps, hors de contrôle. Tu ne…
— Ana, c'est bon, pas la peine d'en rajouter.
— Excuse-moi… Tu vas être une maman incroyable. Ça va chambouler ta vie, mais cet amour que tu gardes au fond de toi, celui que tu caches depuis tant d'années va, enfin, s'épanouir, parce que le seul être qui le mérite véritablement est celui que tu portes dans ton ventre.
— Je ne suis pas sûre d'y arriver.
— Oh que si, tu vas y arriver. Je te jure sur ce que j'ai de plus cher que cet enfant sera le plus heureux de tous les enfants car tu seras juste extraordinaire.

Ana retourne travailler. Lucy, le visage offert au soleil, médite, un long moment, sur les dernières phrases de leur conversation. Elle savoure la douceur de ces instants de solitude. Lucy est tellement fière de son amie. Depuis son divorce, la jeune femme découvre les joies du célibat.

Elle devient autonome. Elle prend un amant de temps en temps, rien de sérieux. Elle n'envisage pas de refaire sa vie. Mariée trop tôt, maman trop jeune, elle souhaite vivre, enfin, sa jeunesse librement. Stella a trouvé le juste équilibre entre sa mère et son père. Elle est heureuse, et pour Ana c'est l'essentiel.

CHARLY
La grande inconnue
2009

Mon avion se pose sur le tarmac de Roissy. Trois semaines d'absence. Je supporte de moins en moins nos séparations. Depuis notre mariage, Lucy paraît plus inquiète, moins insouciante. Elle, si légère, fervente adepte de l'instant présent, est aux prises avec des peurs inexpliquées. Elle espère, tant bien que mal, les étouffer, les cacher, mais j'arrive à la cerner, maintenant. Là où tout devient naturel pour moi, tout se complique pour elle.

— Je n'ai pas la recette. Je connais les ingrédients mais j'ignore les dosages, le temps de cuisson. J'ai peur de mettre trop de sucre, pas assez de lait !

— Donc, tu compares notre amour à une recette de gâteau, c'est ça ?

— Mais non, c'est une façon d'imager…

— Ah, ça, c'est très imagé… Qu'est-ce que je t'aime.

— Laisse tomber, tu peux pas comprendre.

— Si, si, je peux comprendre. Rien n'a changé depuis notre mariage. Je t'aime chaque jour un peu plus. Je te regarde te démener pour me rendre heureux et ça me bouleverse. Mais ne t'oublie pas. Reste celle que tu es.

Tu ne m'as rien promis, Lucy. Tu n'es pas obligée de devenir la femme parfaite, la fée du logis. Je t'aime comme tu es.

— Tout semble tellement évident pour toi.

— Ça l'est ! Et je sais que c'est possible. J'ai grandi ainsi. Rappelle-toi de ce que tu me disais quand on s'est rencontrés : « Aie confiance en la vie, laisse-toi porter. »

— J'y arrive plus.

— Ça va revenir.

Depuis deux jours, elle écourte nos conversations téléphoniques. Sa voix est plus aiguë. Je la soupçonne de me préparer une surprise pour fêter mon retour. La dernière fois, pour l'anniversaire de notre mois de mariage, quinze personnes entassées sur la terrasse m'attendaient. Lucy me couvre de cadeaux, d'attentions, de petits mots. Cette femme est un tourbillon d'énergie. Elle passe d'une idée à l'autre. Elle s'intéresse à tout, enregistre tout. Elle a choisi le mouvement, ne supporte pas de se poser, de parler d'elle. Elle s'ennuie vite. Elle veut du swing, des cliques et des claques. Serait-ce une fuite en avant ? Un besoin de ne jamais s'arrêter pour éviter le face-à-face avec elle-même ?

Je quitte l'aéroport. Le taxi s'engage sur l'autoroute A1. Chacun de mes retours en France, par cet itinéraire, me déprime. Au loin, le soleil se lève derrière la brume polluée toujours plus dense. Les embouteillages, les bidonvilles de fortune qui se construisent et se détruisent en laissant derrière eux les débris de vies bousillées. Les ordures qui jonchent les bords du bitume. La situation se dégrade année après année.

Deux heures avec un chauffeur râleur mais somme toute sympathique et me voilà au pied de l'immeuble de

Lucy. Nous avons préféré garder son appartement comme pied-à-terre à Paris. Dans quelques secondes je la prendrai dans mes bras. Mon cœur s'emballe comme aux premiers jours. Les lumières sont éteintes. J'appuie sur le bouton de l'ascenseur, quatrième et dernier étage. Lucy me laisse de plus en plus de place dans son intimité. Dans la salle de bains, une étagère pour mes affaires de toilette. Une partie du dressing m'est réservée. Le salon ressemble à celui d'un couple. Je me sens chez moi, chez elle. Je glisse la clef dans la serrure. J'entre dans le silence. Je ferme la porte discrètement pour la surprendre dans son sommeil. Julien Clerc entonne « Ma préférence ». Raté, Lucy est éveillée. Au sol, des flèches en papier rouge. Je souris. J'emprunte le chemin proposé. Un Post-it collé sur la première porte.

— « Est-ce que tu m'aimes ? Mais vraiment ? »
— Plus encore.

Je reçois en pleine tête un paquet de fraises Tagada.

— Aïe !
— Chut…

Je continue, deuxième Post-it.

— « Comment, tu m'aimes ? »
— Euh… Comme tous les continents, les océans, les mers…
— C'est tout ?
— C'est pas mal, quand même !

Pour toute réponse, je prends un paquet de chamallows dans le dos. Il fait toujours aussi sombre. Je devine le sourire de Lucy, trop fière de sa surprise. Les flèches me ramènent vers le salon. Un troisième Post-it sur la table basse.

— Es-tu heureux ? Entièrement, pleinement heureux ?
— Je suis le plus heureux des hommes depuis que tu es entrée dans ma vie.

Un paquet de Carambar glisse à mes pieds. Je la cherche du regard, une ombre disparaît dans le couloir.

— Heureusement que je ne suis pas diabétique !
— Chut, continue !

Je reprends le jeu de piste, frustré de ne pouvoir la serrer contre moi. Direction la chambre. Sur la porte est écrit :

— « 1 + 1 + 1 = ??? »
— J'ai pas fait de grandes études mais…
— Entre !

Le temps se fige. J'ouvre la porte et découvre sur le lit un tee-shirt très girly. Sur le devant ma photo préférée de Lucy, une autre de moi et entre les deux « + » écrit en rouge. Je le retourne. L'émotion m'envahit, mes mains tremblent. Je sens sa présence dans mon dos. Je ne bouge pas, elle non plus. Julien Clerc chante encore. Je pivote sur moi-même. Elle est là devant moi, en petite culotte, avec ses chaussettes. Sur son ventre, il est écrit : « Attention fragile ».

II

Imaginer que dans le meilleur tout peut arriver nous empêche de réaliser que le pire peut se produire n'importe quand. Sommes-nous prêts à ça ?

L'odyssée de la vie

Les jours suivants, Lucy et Charly se coupaient du monde, prenaient le temps de réaliser, de se projeter. Ils spéculaient sur le sexe de l'enfant, se chamaillaient sur les prénoms, imaginaient les éventuelles ressemblances physiques avec l'un ou l'autre ou traits de caractère similaires.

— Elle aura tes yeux.
— Ce sera un petit mec.
— Ça, t'en sais rien…
— Si, je sais.
— OK, bon, donc l'enfant, si tu préfères, devra avoir tes yeux, et ton nez.
— C'est vrai que le tien…
— Quoi, le mien ?
— Ben rien…
— Non, mais vas-y, qu'est-ce qu'il a, mon nez ?

Lucy partait en courant à travers l'appartement. Charly à ses trousses.

— Lucy, fais attention ! Tu peux tomber.

— Ah, non, hein ! Tu commences pas comme ça. Je ne suis pas malade et je ne veux surtout pas de toutes ces attentions dégoulinantes que l'on réserve aux femmes enceintes.

Ils faisaient l'amour, beaucoup. Ils riaient, souvent. Ils mangeaient, quand ils y pensaient. Charly ressentait un désir plus charnel pour sa femme. Lucy, les hormones pas encore en folie, se laissait emporter par la fougue de son mari. Il évoquait les prochains mois, elle n'y parvenait pas. Et instantanément, le silence s'installait pour mieux les confronter à la réalité qui les attendait – ils seraient bientôt parents.

Depuis l'adolescence, Lucy rejette tout ce qui peut entraver sa liberté. Aujourd'hui, elle se demande ce qu'est la vraie liberté. Une philosophie, une idéologie ou tout simplement un état d'esprit… Qui peut prétendre être libre ? Avancer seule pour ne dépendre de personne. Ne jamais s'engager pour ne pas être brisée. Ne rien construire pour éviter l'effondrement. Ne pas se projeter pour ne pas être déçue. Cette résistance ne reflète-elle pas, justement, un empêchement dans cette fameuse quête de liberté réduite aux diktats de ses phobies ? Ce désir ne serait-il pas utopique ? « Ma seule liberté est de rêver, alors je rêve de liberté. » Benoît Granger. Seule la nature est véritablement libre. Chaque être humain est contraint à des lois, à une forme de politesse, de respect. Une espèce de soumission au joug de la condition humaine. Est-il bon de dire tout ce que l'on pense au moment où on le pense ? Est-il envisageable de faire ce que bon nous semble au détriment des autres, n'importe où, n'importe quand ? Est-ce de la liberté? De l'impertinence? La transgression peut-elle s'acoquiner à la liberté? Ne serait-il pas plus raisonnable de faire appel à son libre arbitre pour se détacher du concept de liberté et de vivre simplement tout en choisissant ses propres chaînes? Notre mental n'est-il pas notre seul geôlier? La liberté devient-elle cynique? Lucy peut circuler à sa guise. Elle a épousé l'homme qu'elle aime. Elle a le droit de penser, de s'exprimer, de travailler, de voter, de s'habiller, de chanter, de bouger, de s'arrêter, de recommencer, de rire, de pleurer. Elle est donc, par définition, un être libre. Lucy doit apprendre à se connaître parfaitement pour demeurer maître de sa volonté sans être esclave de ses passions. Il lui faut rompre avec toute forme d'égoïsme, d'aveuglement, de violence ou de peur pour s'affranchir définitivement et se réaliser pleinement.

Depuis l'adolescence, Charly rêve de bateaux et de fonder une famille. Ses vœux se réalisent. Aujourd'hui, il aspire à finir ses jours aux côtés de Lucy. Son chemin continue sa trajectoire. Pas d'angoisse, seulement des certitudes. Lucy est la mère de ses enfants, la femme de sa vie. Il perçoit ses fragilités et se sent en mesure de l'aider à les surmonter. Le comportement de sa femme peut l'agacer, le surprendre, mais le séduit infiniment. Il aime sa soif d'absolu, d'exaltation, sa pudeur et sa singularité. L'être romantique qu'elle est. À l'inverse de Lucy, il n'agit jamais sur un coup de tête. Il s'interroge, tergiverse avant de se lancer. Doté d'une infaillible confiance en lui, malgré sa timidité, il ne cherche ni l'approbation, ni la reconnaissance des autres. C'est d'ailleurs un des traits de sa personnalité que préfère Lucy. La force tranquille de son homme. Là où elle s'agite pour chasser ses peurs inédites, celle de mourir, celle de ne pas être digne d'être aimée, il reste là tel un roc sur lequel elle peut s'échouer à toute heure du jour ou de la nuit.

Les futurs parents choisirent le gynécologue-obstétricien le plus compétent pour suivre la grossesse. Lucy accoucherait à Paris, et toute la famille s'installerait le plus rapidement possible à Saint-Jean-Pied-de-Port. Élever un enfant dans la capitale paraissait impensable au jeune couple trop épris de nature. L'annonce à la famille de Charly, au sacro-saint troisième mois, déchaîna les passions. Une déferlante de cris de joie, de larmes, de félicitations, et Lucy devint la princesse du clan Bélarté.

Un mardi matin, Lucy et Charly se rendirent à la première échographie. Deux grands enfants, plus vraiment innocents, exaltés à l'idée de découvrir leur cadeau de Noël. Et soudain, un cœur battit dans le silence, des regards intimidés se croisèrent, pudeur de laisser exploser leur joie et leur émotion devant un inconnu. L'émerveillement face à cette silhouette avec une tête, un profil, des membres, des organes, déjà pleine d'énergie, effectuant des bonds dans sa piscine privée. La délicieuse rencontre entre la maman, le papa et leur bébé. La concrétisation de leur fantasme.

Lucy
Dans tous mes états
2009

Si j'avais encore des doutes, après ce premier rendez-vous, presque en tête à tête, avec le « truc » qui pousse dans mon ventre, je n'en ai plus l'ombre d'un. Porter la vie est très particulier, un honneur pour beaucoup, un privilège plutôt anxiogène pour d'autres. Je n'ai pas encore coché la case. Je me sens à la fois habitée d'une force surhumaine et fragilisée comme jamais. Durant les semaines à venir, un petit nain va dépendre essentiellement de moi, de mon alimentation, de mon taux d'alcool, de mon rythme, de mes émotions. Nous allons absolument tout partager, et ce, presque à mes dépens. C'est fascinant. L'écho des battements de son cœur a réveillé les sempiternelles questions d'une future maman. Décidément, je rentre dans les clous. Je m'inscris dans le cercle des nouvelles mamans, insupportables, qui ne pensent qu'à leur progéniture. Au secours...

Y a-t-il un bon moment pour enfanter ? Ce n'est pas une question d'âge, de maturité, encore moins une question matérielle, non, c'est bien plus profond que ça. Un enfant est le fruit d'une passion, d'un désir brûlant de prolonger une fusion entre deux êtres. Il ne devrait jamais en être autrement. Sans amour, le bébé alimente un sentiment de rejet, cultive un cœur froid et grandit pétri de traumatismes souvent irréparables. Le monde manque cruellement d'amour. On ne parle plus de sentiment mais de rentabilité. On ne prend plus le temps de vivre. Tout va trop vite. On ne pense plus à la qualité mais à la quantité. Ne pas avoir été reconnue par mon père, l'abandon de ma mère accroissent mes inquiétudes sur ma capacité à développer un éventuel instinct maternel. « On n'invente pas un sentiment, on aime comme on a été aimé. »

Grâce à Mado, à Ana et à sa famille, je n'ai jamais manqué d'amour, juste d'une maman et d'un papa. Mon métier me permet d'extérioriser ma violence, ma colère. Il m'empêche de garder tous ces souvenirs douloureux ancrés au fond de mes entrailles et me permet d'échapper à la femme aigrie, bouffée par le ressentiment que je pourrais devenir.

« Serai-je capable d'ouvrir mon cœur ? Serai-je à la hauteur ? Prendrai-je les bonnes décisions ? À quoi ressemblera notre vie à trois ? » Déconcertant de faire de la place à quelqu'un qu'on ne connaît pas. On choisit d'avoir un enfant mais on ne le choisit pas. Dans quelques semaines, quand il l'aura décidé, une inconnue me collera dans les bras le corps tout rose, tout chaud, d'un parfait étranger. Je ne connaîtrai ni sa peau, ni son odeur, ni sa voix. Pas d'entretien préalable d'embauche, une rencontre fortuite avec pour seul prélude trois images plus ou moins claires sur lesquelles on devine, au fil des semaines, les contours d'un nourrisson. Il m'aura fait souffrir le martyre pour s'extirper des bas-fonds de mon ventre et je serai sommée de l'aimer, sur-le-champ, pour le meilleur et pour le pire. Un truc de malade, quand on y pense.

« À quoi ressembleront nos nuits après sa naissance ? » Primordial, vital, même, les nuits pour un koala comme moi. Je pourrais faire le tour du cadran sept jours sur sept. Finis, les grasses matinées, les petits déjeuners au lit, l'hibernation après les tournages. Envolés, le sommeil profond et l'empreinte du traversin sur la joue gauche. Disparue, la tranquillité, continuellement sur le qui-vive. Une jambe quasiment hors du lit prête à bondir à la moindre chouinerie nainesque. J'ai lu quelque part tout un topo sur les réveils nocturnes chez les nouveau-nés. Leur fréquence est redoutable, sans oublier les maux de ventre, les cauchemars, les angoisses, les dents, les gastros, les pharyngites, les otites, toutes ces raisons de travestir notre chérubin en Alien. Faut que j'arrête Internet.

« Que deviendront nos tête-à-tête ? » Nos espaces d'interminables échanges sur tout et n'importe quoi, nos prises de gueule, nos fous rires. Les regards langoureux autour d'un verre de côte-de-nuits 1978. Charly et moi sommes des épicuriens – déguster, savourer, fumer, goûter, profiter, recevoir. Serons-nous obligés de troquer nos soirées intimes contre un magma bruyant entre soupe à la grimace, purée de légumes, petit-suisse anarchique écrasé sur la tête du petit monstre ou, pire encore, balancé contre un mur ? Terminés, les départs en week-end sur un coup de tête. Il faudra organiser, préparer, penser le moindre déplacement : les couches, les biberons, la trousse de premier secours, les doudous, les yoyos, les brassières… AHHHHH ! Quelle horreur ! Qu'est-ce que j'ai fait ?

J'ai connu des femmes magnifiques, sveltes, maquillées, manucurées, parfaites, se muer en véritable « zézettes ».

Je garde le souvenir horrifié de ce rendez-vous un jeudi, avec Ana, la féminité à l'état pur, au parc Monceau, quelques semaines après son accouchement.

— Waouh, qu'est-ce qui t'arrive ?

— J'ai plus le temps de rien ! Et tu ne vois que le visible ! (découvrant ses jambes) Regarde ça, ce ne sont plus des poils mais des cheveux.

— Cachez-moi ces jambes que je ne saurais voir ! C'est dégueulasse.

— J'y arrive plus.

— À ce point ?

— Essaye et tu verras ! Entre les siestes, le pédiatre, les repas à heure fixe pour ne pas troubler son équilibre, les nuits sans cesse plus courtes, les vêtements à racheter toutes les semaines. Incroyable ce que ça pousse… Pas besoin d'engrais ! Les jeux d'éveil. Une surveillance de chaque instant… Sans compter mes cours par correspondance… Les…

— OK, OK, OK… on se calme, j'ai compris. T'as essayé la crèche ?

— Tu crois que je t'ai attendue ? Y a pas de place avant septembre et je suis sur liste d'attente.

— Pas la peine de t'énerver, je cherche des solutions.

— Je ne m'énerve pas, c'est les hormones !

— D'accord… Et sinon, t'as essayé les crèches clandestines, c'est la grande mode…

— Très drôle ! En fait, j'aurais dû l'inscrire avant de la concevoir… T'y crois, toi ?

— T'as pensé à une nounou ?

— Son père ne veut pas en entendre parler. Je ne travaille pas, alors je gère.

— Quel connard, celui-là !

— Lucy !

— Tu ne travailles pas mais tu passes ton concours à la fin de l'année.

— De toute façon, il n'y croit pas. Mais je te jure que je vais l'avoir, ce putain de diplôme, et je te jure que je me mets à bosser dans la foulée.

— Ne jurez pas, Marie-Thérèse !

— C'est pas drôle.

— D'accord, donc t'as laissé ton sens de l'humour dans la salle d'accouchement.

— Tu m'emmerdes.

— Ben, comme ça c'est clair… À ce stade, c'est peut-être d'un psy dont tu as besoin… Ça ressemble à un bon baby blues, non…

— JE NE VEUX PAS D'UN PSY…

— J'ai compris… Mais sinon, c'est comment d'être maman ?

— C'est magique…

Le positif dans toute cette mésaventure, c'est qu'on oublie le mauvais pour ne garder que le meilleur : l'amour inconditionnel. Si tel n'était pas le cas, les femmes ne seraient pas assez stupides pour se faire avoir une seconde fois. La démographie serait en chute libre, pour le bien-être de la planète et pour la plus grande inquiétude de nos politiques : qui, pour payer nos retraites ?

« Et nos ébats sexuels dans tout ça ? » Charly et moi ne répondons à aucun horaire, aucun endroit en particulier. On fait l'amour quand on veut, où on peut. Mais avec un petit être dans les pattes, dans son berceau dans un coin de la chambre, à l'arrière dans la voiture, à l'hôtel dans le lit parapluie… comment ferons-nous ?

Charly
Déjà presque papa
2009

Cette première échographie me prend de court. Hier encore, la grossesse de Lucy demeurait abstraite. Son corps ne présente aucune métamorphose à l'exception de ses seins plus gros, plus tendus, plus excitants. Le trait du test de grossesse accroché tel un trophée, au miroir de la salle de bains, a disparu depuis longtemps. Je vais être papa. Lucy retrouve sa légèreté d'être. Elle se questionne, mais non sans humour. Elle devient peu à peu une femme « responsable », même si elle déteste le mot. Elle le trouve grossier, ça ne s'invente pas, c'est Lucy. Pour ma part, je quitte progressivement l'adolescence, à trente-huit ans. Mieux vaut tard que jamais. Bientôt, je ne serai plus seulement un fils, mais un père. Nous nous enivrons de joie. Ma famille est aux anges et nous imaginons déjà notre futur à trois. Tout ce bonheur paraît si effrayant. Accueillir la félicité demande une certaine aptitude. Elle exige de l'entraînement, du savoir-faire. Ce n'est pas facile de lui ouvrir les bras sans appréhension. Lucy a conscience de la brutalité de la vie. Moi, je ne suis pas « armé » pour me relever d'une éventuelle chute.

J'attends avec impatience les prémices d'un ventre arrondi. Après la naissance de notre enfant nous nous installerons dans le Sud-Ouest. Environnement plus propice pour un bébé. J'angoisse souvent à l'idée que Lucy et notre enfant organisent une vie où je ne trouverai plus ma place. Je devrai partager ma femme.

« Vivrons-nous Œdipe ou Électre ? » Je rêve d'une « pépette » et de ce lien si particulier entre un père et sa fille. Je revois le mien avec ma sœur. Amandine est née deux ans après moi. Dès sa naissance, une relation privilégiée s'installait entre eux. Joseph la couvait du regard, elle le couvrait de sourires. La connivence fut instantanée. Il la surnommait « ma princesse ». Moi, j'étais « Charly » tout court. Elle cherchait son attention, tour à tour teintée d'amour, de déception, d'admiration. Les compliments de notre mère glissaient sur la gamine. Ceux de notre père, même les plus insignifiants, la rendaient folle de joie. Elle cherchait en permanence son approbation. Joseph ressemblait à un sculpteur devant son bloc de pierre brute. Il la façonnait pour l'aider à éclore. Avec elle, il ne jouait pas, il riait, discutait. Amandine ne restait jamais fâchée longtemps contre lui. Sa manière de lui conforter son statut de héros. De son côté, il ne pouvait rien lui refuser. Il était son « papa adoré ». Elle était « sa merveille des merveilles ».

L'amour entre Joseph et moi se résumait à une relation toute masculine. On jouait aux petits soldats, aux pirates. On partageait des parties de pêche, des balades en bateau. Initiation aux valeurs viriles comme le courage ou la combativité. Je me posais de temps en temps en rival ou en concurrent pour tenter de surpasser cet homme si fort, à la réussite implacable. Ma mère jouait le rôle de confidente. J'adorais ses câlins, ses mains douces, son odeur singulière, nos discussions interminables. Elle possédait l'art et la manière d'apaiser les situations les plus éprouvantes. Là où Joseph entrait dans de grosses colères terrifiantes, Marie temporisait. Un chagrin d'amour, elle me réconfortait en évitant la fameuse ritournelle du patriarche «une de perdue dix de retrouvées!» qui me mettait hors de moi. Elle connaissait les mots vertueux, les gestes réconfortants pour les petits et grands malheurs. Entre mon père et moi tout était plus rude, plus âpre. J'enviais souvent la complicité entre ma sœur et lui. Mais je n'ai jamais douté de son amour. Il m'a aidé à devenir le baroudeur intrépide et ambitieux que je suis.

Je n'ai plus envie de prendre la mer. Je trouve l'adrénaline ailleurs. Lucy se lance, enfin, dans l'écriture de son scénario. Elle dit que c'est grâce à moi, à nous. Ma femme est audacieuse. Elle ne tolère aucune limite. Quand elle veut, elle essaye, peu importe le résultat. Elle se sent prête à réaliser sa première œuvre. Elle a choisi de mettre en scène, naturellement, le parcours de sa grand-mère, Mado. Un hommage à l'instigatrice de sa vie ou peut-être, inconsciemment, le besoin de revivre sa propre histoire pour mieux la comprendre. La voir prendre son passé à bras-le-corps me rassure. Lucy ne cherche plus à fuir. Elle affronte les faits pour libérer les épaules de notre enfant d'un fardeau trop lourd.

Nous sommes à Saint-Jean. Je m'attelle enfin aux travaux, en attente depuis des d'années. Lucy écrit dans le bureau ou sur la terrasse en fonction de la météo. Je ne me lasse pas de l'observer concentrée sur les pages qu'elle noircit au fil des jours. Elle s'énerve, se réjouit. Elle demeure inlassablement dans la passion. Je comprends son besoin, presque viscéral, de s'isoler pour créer. Je supporte ces instants de présence où elle n'est pas vraiment là, en quête perpétuelle de ses personnages et de leur cheminement. Elle reste des heures et des heures derrière son ordinateur, en tête à tête avec son clavier, habitée par l'instant de grâce si longtemps attendu. Celui où les mots, les répliques se couchent presque tout seuls sur l'écran lumineux. Soudain, elle se pose, caresse son ventre délicatement et cherche l'inspiration. Elle tisse déjà un lien avec le bébé. Nous passons nos soirées juste elle et moi. Elle me raconte son scénario, me parle de ses idées. À fond dans ce qu'elle entreprend, comme d'habitude. Quelquefois, elle me demande mon avis, mais ne supporte pas la critique. Nos conversations nous ramènent souvent au sujet principal : notre avenir à trois. J'ai pris l'habitude de poser ma tête sur son ventre et d'échanger quelques mots avec le fruit de notre amour avant de m'endormir. Pendant ce rituel, Lucy me caresse les cheveux, et à cet instant précis le monde pourrait s'arrêter. Le bonheur absolu.

Le temps du bonheur

Les jours filaient, les semaines se suivaient, les mois s'enchaînaient. Le ventre de Lucy s'arrondissait. Charly insistait pour immortaliser la transformation physique de Lucy. Elle se prêtait au jeu. Nue allongée sur leur lit, de profil devant la baie vitrée, sur les dunes lors d'un coucher de soleil après une balade au bord de l'Océan. Les futurs parents aménagèrent la chambre de l'enfant à la suite de l'échographie du cinquième mois. Aucun d'eux ne souhaitait connaître le sexe. On restait donc dans des tons neutres, du taupe, du chocolat, de l'orange. Lucy imaginait des frises avec des nounours. Amandine fabriquait un mobile avec des anges en bois et en verre multicolore. Seul jouet toléré par Lucy. Les grands-parents offraient un ensemble lit, commode, table à langer assorti. Par superstition, la future maman refusait tout autre présent jusqu'au huitième mois. Charly passait beaucoup de temps avec son père. Les deux hommes semblaient vouloir rattraper un temps qu'ils n'avaient, pourtant, jamais perdu.

Lucy s'épanouissait. Son quotidien retrouvait spontanéité et désinvolture. Tout du moins en apparence. À l'abri des regards, elle luttait sauvagement contre les fantômes du passé. Devenir maman la ramenait, malgré elle, vers cette quête insaisissable : sa mère et son père. De lui, elle ne savait rien. Difficile de raconter « le rien » ? Une faille béante. Que signifiait avoir un père, une mère ? Son géniteur ne l'avait ni abandonnée, ni rejetée. Il avait tout au plus refusé une situation imposée. L'absence de cette image paternelle lui avait dérobé les clefs d'un modèle de féminité. Sa mère, quant à elle, avait choisi de vivre sa vie de femme au détriment de sa vie de mère. Entre ces deux personnages, Lucy était profondément marquée par les morsures de l'abandon. Avant Charly, elle quittait avant d'être délaissée pour ne plus revivre ce sentiment qu'elle connaissait trop. Sans lui, elle n'aurait jamais eu le courage de se lancer cœur et âme dans ce défi. Hier, elle n'avait peur de rien, sauf d'aimer. Aujourd'hui, elle avait peur de tout, sauf d'aimer.

Charly permettait à Lucy de s'ancrer au monde. Elle l'acceptait sans trop de réticence et entrevoyait le chemin de sa renaissance. Elle se sentait en sécurité, soutenue. Conscient du combat mené par sa femme, Charly lui proposait de rencontrer Amma. L'incarnation de l'amour maternel universel. Lucy, très ou trop terre à terre, demeurait sceptique face à une éventuelle bienveillance sacrée. Il parvint à la convaincre.

Fin octobre, ils se rendaient à Pontoise et assistaient au fameux « Darshan ». À leur arrivée, Lucy fut frappée par la foule dense et hétéroclite. Qu'est-ce que tous ces gens venaient chercher ? Étaient-ils tous en manque d'amour ? Les stands plus ou moins spirituels, les snacks éparpillés ici et là, les objets à l'effigie de la « gourou » indienne confortaient Lucy dans ses réticences. Approche trop marketing pour être honnête. Et puis, Amma entra dans la salle. Un silence respectueux s'installa. Une intense émotion parcouru le corps de Lucy. Amma prit place sur l'estrade, et l'effervescence reprit. Lucy s'assit et observa. Charly accompagnait sa femme dans tous ses émois. Ils se tenaient la main. Elle posa la tête sur son épaule. Les sourires des uns, l'altruisme des autres, l'adhésion à la même cause de l'assemblée éveillait chez elle un bien-être inconnu. Ils attendaient leur tour, baignés dans une énergie quasi palpable. Les gens méditaient ensemble, reliés par un lien invisible. Le chant des mantras bouleversait Lucy. Quelque chose bougeait en elle. Elle détaillait Amma en train d'étreindre tous ces êtres, et lorsqu'un enfant venait s'abandonner contre la poitrine de la « maman universelle », Lucy pleurait telle une petite fille. C'était leur tour. La jeune femme avança vers Amma, le mental en effusion. Au fil de ses pas, ses pensées ralentissaient, s'arrêtaient et disparaissaient comme par enchantement. Dans les bras d'Amma, Lucy accueillit un torrent d'amour qui pansa les blessures de son âme et de son cœur. Elle se sentit acceptée avec ses qualités mais aussi ses travers. Le sentiment de rejet cessa de circuler dans ses veines. L'épreuve du manque maternel se diluait au fil des secondes. Elle comprit qu'elle devait d'abord s'aimer avant de pouvoir véritablement aimer les autres, que le bonheur se cherchait à l'intérieur de soi et non chez les autres. À cet instant, elle se sentit capable de chérir cet ange qui ne tarderait plus à venir.

Lucy progressait plus vite que prévu dans l'écriture de son récit. Elle le soumit à son agent. Suzanne n'en revint pas, totalement charmée par le rocambolesque de cette femme de l'après-guerre si libre et si moderne. Le texte partit donc chez Juliette Binoche. Le sort de la jeune réalisatrice était maintenant entre les mains de « son » actrice.

Aucune autre comédienne ne pouvait interpréter « sa » Mado.

La troisième échographie enchanta les futurs parents. Bébé était en pleine forme et respectait le choix de son papa et de sa maman en ne montrant rien de son anatomie. Charly débordait d'attentions, de gestes tendres, et s'impatientait. La chambre était prête. Les cadeaux s'amoncelaient un peu partout. La rumeur faisait le tour de France. Lucy se cachait.

Léo pointa le bout de son nez le 19 janvier 2010, trois jours après terme, dans le Sud-Ouest.

Lucy
Le jour où je suis née
2010

Notre enfant joue les prolongations. On l'attendait pour le seize janvier, mais pas l'ombre d'une contraction. Nous sommes le lundi dix-huit janvier, il est vingt-deux heures quinze. Nous rentrons de chez Dédé à pied. Depuis trois jours, nous ne cessons de gambader, de vrais marathoniens. Le divin enfant doit se résoudre à sortir et la marche reste le moyen le plus naturel pour déclencher le processus. Je m'échoue sur le canapé, telle une baleine. Mes jambes me font souffrir. Les dix-sept kilos accrochés autour de ma taille me handicapent de plus en plus. Je n'ai pas sommeil, je pète le feu, même. Je vérifie pour la énième fois la valise pour la maternité, prostrée dans l'entrée depuis une semaine, retourne m'asseoir près de mon homme. Je me relève, me sers un verre d'eau. Charly n'a pas soif. J'ai la bougeotte. Subitement, une douleur, d'une violence inouïe, me coupe le souffle, me terrasse. Charly s'inquiète.

— Ça va ?

— J'ai connu mieux. Je crois que c'est une contraction.

Je découvre le phénomène tant appréhendé. Je ne garde que des souvenirs délicieux de ma grossesse. Neuf mois sans complication, sans diabète, une prise de poids raisonnable malgré mes excès de fromage et de chocolat. Un bébé en pleine forme, la tête en bas depuis des semaines, une créativité au top. Une gestation de rêve. Dix minutes plus tard, deuxième contraction, mon ventre se durcit. Mes reins me font un mal de chien. C'est long et court en même temps. Ça prend tout le corps. Ça s'éternise, et instantanément le calme revient.

— Qu'est-ce qu'on fait?
— J'en sais rien.
— Tu crois qu'il faut attendre?
— J'en sais rien.
— Tu peux résister?
— J'en sais rien.

Nos regards, pétris d'inquiétude et d'impatience, se croisent. Il me prend dans ses bras. On éclate de rire. Notre destin est en marche. Peu de temps après, je me plie en deux, sous le poids du supplice.

— Qu'est-ce qu'il a dit, le gynéco?
— Je me rappelle plus.
— Je crois qu'il faut y aller.
— Non, non, on attend encore un peu.

J'ai peur de laisser sortir notre enfant. On est bien tous les deux. La cohabitation se déroule à merveille. Les compromis ont porté leurs fruits. Il me laisse dormir. Je connais les positions qu'il n'aime pas. Je ne vomis plus. Je sais les aliments qu'il ne supporte pas. Quand je le fatigue trop, il me le fait comprendre et je cesse toute activité. Nous pourrions continuer ainsi une éternité. Juste lui et moi. Nouvelle contraction.

— Bon, on y va ! Au pire, on reviendra.

À la suite de la troisième échographie et aux rapports devenus presque intimes avec le praticien qui suivait ma grossesse, Charly et moi avons changé nos plans : l'accouchement se ferait ici, à Saint-Jean. Le calme, l'air pur et les paysages de la région me séduisent chaque jour un peu plus. Nous voilà partis. Je demande à mon mari de ralentir, le stress le gagne. J'aimerais arriver entière à la clinique. Quinze minutes plus tard, on se gare sur le parking. « Ça, c'est fait ! » Je m'extirpe de la voiture, les reins en compote. Ma démarche de pingouin me traîne jusqu'à l'entrée de nuit. Les contractions me figent tous les deux mètres. Charly se moque gentiment de moi et nous rions de l'absurdité de la situation. Une façon comme une autre de dédramatiser. Nous appréhendons les heures à venir. Une infirmière, avenante et souriante, nous reçoit. Après les formalités, elle nous installe dans une pièce en attendant l'auscultation de la sage-femme. Charly me tient la main et me murmure des « je t'aime ». Dilatation à trois. On installe le monitoring, et les battements de son cœur envahissent l'espace. Deux lignes : une rouge, une verte, la vie de notre enfant et la mienne liées sur un écran noir. On contrôle la régularité et l'intensité des contractions. Le travail a commencé. Pour éviter tout malentendu, je rappelle mon désir, que dis-je, mon souhait, ou plutôt, ma volonté farouche, et, surtout, leur devoir de me faire accoucher sous péridurale. Courageuse mais pas téméraire, l'actrice ! On me rassure. On nous accompagne dans une chambre. Je marche, soutenue par mon amoureux. Une vieille accrochée aux rampes des couloirs interminables. Pathétique. Le personnel est débordé par un taux de césariennes qui frise l'apocalypse. Message reçu, nous devons prendre notre mal en patience jusqu'à la fin de la tempête. Il est trois heures du matin. Au loin, nous distinguons, régulièrement, les pleurs des nouveau-nés. Charly sort fumer à une cadence infernale. Moi, je n'ai pas le droit, pourtant une bonne petite clope calmerait mes angoisses… ou pas. Les contractions reprennent de plus belle. J'ai envie de m'arracher le bas-ventre. Je gémis, me tortille. Une infirmière tente un :

— Ça va?

— Non, ça va pas du tout! Achevez-moi, s'il vous plaît!

— J'arrive.

Elle revient armée d'un gros ballon bleu, identique à ceux du Pilates. Je fais l'andouille, un coup à droite, un coup à gauche, au bout de quinze minutes, je m'ennuie ferme. Je sonne. On vérifie l'ouverture du col. Rien de neuf. Grrr… On me propose un bain chaud. Je suis prête à tout pour me soulager. Vingt minutes de douceur au milieu des bulles. Charly s'est endormi sur le rebord de la baignoire, les jambes en l'air, un filet de bave à la commissure des lèvres. Pas très sexy tout ça! On le laisse récupérer pendant qu'on me ramène dans la chambre pour une injection de morphine. Waouh! Mon corps se relâche, les contractions prennent congé et je m'assoupis. J'ai perdu la notion du temps, ça m'arrange. Nous sommes en mer, perdus au large sans passé, sans futur, ancrés dans l'instant présent. Merde! Les contractions sont de retour. J'en ai marre, faut que ça cesse. On me transfère en salle de travail et c'est parti pour la péridurale. Le shoot me traverse le corps. Je ne sens plus rien. Un miracle. «Était-ce vraiment nécessaire de me laisser souffrir comme une damnée pendant toutes ces heures?» J'ai envie d'embrasser l'anesthésiste malgré son bouton de fièvre. Je suis sûre que c'est une femme qui a inventé cette anesthésie révolutionnaire. Le calme se ramène accompagné de ses vertus. Je suis épuisée mais apaisée. Je m'étire comme un chat. Je respire et bébé descend d'un coup. Un liquide sort de mon vagin. Je perds les eaux. Le monstre s'énerve alors je crie. Je me transforme en une énorme fraise Tagada dégoulinante. Charly s'affole.

— Faut appeler quelqu'un !
— Ça va aller.
— Respire, mon amour, respire.
— Je fais que ça !

Je ne supporte plus cette blouse d'hôpital. J'ai froid aux fesses. Tout le monde s'active autour de moi. Le gynéco fait son entrée.

— Bonjour Lucy, alors on est prête ?
— J'en sais rien ! Comment je peux savoir si je suis prête ou pas ? Tout ce que je sais, c'est que je suis épuisée et que jamais je ne pourrai pousser. Voilà ce que je sais. Et si on faisait une petite césarienne ? Hein ? Non ? Vous en pensez quoi ?
— Allons, allons, Lucy, un peu de courage.
— C'est facile pour vous.
— Ne vous inquiétez pas, ça va aller très vite. Le col est totalement dilaté.

— Comment c'est possible ? J'ai rien senti !
— La magie de la péridurale.
— Charly ? Vous êtes prêt ?

Aucune réponse. Tout le monde se tourne vers mon aventurier. Il passe du vert au jaune, puis au blanc. Il vacille. Une infirmière lui apporte une chaise et un verre d'eau. En moins de deux, je me retrouve les jambes en l'air, le cul dans le vide, un spot braqué sur mon intimité et trois paires d'yeux rivés au même endroit. C'est un peu gênant.

— Inspirez, bloquez, poussez, poussez, poussez ! Allez, on tient, on tient ! On relâche et on respire. On attend la contraction suivante.

Charly reprend ses esprits. Il se colle à moi, me caresse le front, humidifie mon visage et m'encourage de toutes ses forces. La sage-femme et son acolyte sont sous le charme. « Pas touche, les filles, il est à moi ! »

— Allez, allez, on y est presque.

Deux poussées surnaturelles s'enchaînent. L'obstétricien, une sorte de Zorro tout blanc, place un miroir entre mes jambes. J'entrevois une touffe de cheveux. C'est effrayant. La sage-femme guide ma main pour toucher la chose. C'est dégueulasse. Charly penche la tête, ses yeux brillent. Dernière poussée, on remonte mes genoux sur ma poitrine, les épaules passent. J'attrape mon bébé par les aisselles et l'aide à sortir de mon ventre. Je le dépose tout doucement contre moi. Je sens sa peau, son odeur. Je découvre sa voix. La fin d'une attente interminable.

Léo est né. Son père coupe le cordon, le trait d'union qui nous unissait depuis neuf mois, deux jours et quelques heures.

— Je l'ai fait…
— Oui, tu l'as fait, mon amour.

Une dernière contraction et la «maison» de Léo s'échappe à son tour. Je dévisage le divin enfant. Son regard bouleverse mon existence. La rencontre avec mon fils ne peut se confondre avec aucune émotion vécue jusqu'à ce jour. Elle est magistrale. À cet instant, le lien se crée pour l'éternité. Je jure de ne rien manquer de lui. Mon amour est d'une puissance phénoménale. Je suis sa maman. Celle qui l'aimera envers et contre tout. Celle qui le protégera du mieux possible. Celle qui l'accompagnera dans tout ce qu'il entreprendra. Mon fils a trouvé les clefs de mon cœur sans la moindre hésitation. Jardin secret si difficile à définir pour beaucoup. Je succombe à ce coup de foudre imprévisible. La fibre maternelle jaillit par tous les pores de mon épiderme, du plus profond de mes entrailles. Sa naissance marque la mienne.

Charly
Le jour où je suis devenu père
2010

Tout s'accélère. Lucy ne tient pas en place. Après un temps de réflexion et un moment de flottement, nous partons pour la maternité. Je perds la notion du temps. Effrayé mais impatient. C'est la plus grande et la plus belle aventure de toute ma vie. J'accompagne ma femme comme je peux, simple témoin de sa douleur, de son courage et de sa détermination. Entre deux fous rires, deux crises de larmes, nous plongeons dans l'inconnu. Je garde mon calme. Sentiment d'impuissance. Je profite de ces derniers instants en tête à tête. Elle est si belle. On entre dans le cœur du sujet. La sage-femme me parle, me donne des ordres, l'émotion me submerge. Lucy attrape notre enfant par les aisselles, le sort délicatement de son intérieur et le pose fébrilement sur son corps. Et là, à cet instant précis, je découvre la magnificence de l'existence. Les deux êtres les plus essentiels à mon cœur collés l'un contre l'autre. Notre famille vient de naître. Rattrapés par la réalité de plein fouet, sans aucune préparation psychologique, nous sortons de l'imaginaire. Nous écrivons les premières pages de notre légende personnelle, le 19 janvier 2010 à neuf heures quinze. Notre fils s'appelle Léo, il pèse trois kilos cinq cents et mesure cinquante-deux centimètres.

Après cette nuit, pour le moins bouleversante, je rentre prendre une douche, me reposer quelques heures avant d'attaquer un véritable marathon. J'ai laissé Lucy et notre enfant s'apprivoiser. Léo tétait le sein maternel et sa maman s'endormait, plus rayonnante que jamais. Les images se bousculent dans ma tête. Je voudrais me souvenir de chaque seconde. Je vérifie que tout est prêt dans la chambre du petit prince. Mon cœur bat différemment. Il apparaît plus grand. En prenant Léo dans mes bras, un sentiment foudroyant s'est emparé de moi. J'ai percé le mystère de l'amour inconditionnel.

Impossible de dormir, trop pressé de les retrouver. Je m'empare de la liste préparée, la semaine dernière, sous les moqueries de Lucy. J'ai une tonne de choses à faire : apprendre à être père, aller déclarer Léo à la mairie, annoncer la nouvelle à notre entourage, ramener des bodies, un doudou, acheter des protège-mamelons pour un allaitement sans crevasse, trouver des serviettes spéciales nuit, etc. Le passage à la pharmacie promet un grand moment de solitude.

Pas tout à fait dix-huit heures, mission accomplie, je m'empresse de retrouver ma famille. J'adore cette expression. J'entre dans la chambre, Lucy dort. Aucune trace de Léo. Mon cœur s'accélère. Vent de panique. C'est donc ça, être père : avoir peur à chaque minute? Dans le couloir et malgré moi, je me jette, en hurlant, sur la première infirmière.

— Mon fils a disparu!

— Comment ça?

— Il n'est plus dans la chambre. Ma femme dort et le berceau a disparu…

— Tout va bien, monsieur Bélarté, calmez-vous. Vos parents sont restés avec Léo pendant une heure, et comme ils devaient repartir, nous avons emmené votre fils à la pouponnière afin de laisser Lucy récupérer.

— … Évidemment… Désolé… Je suis un peu sous le choc… Plus la fatigue… tout ça… tout ça…

— Ne vous excusez pas, c'est normal. Lucy a bien insisté pour qu'on ne lui passe aucun appel dans sa chambre. Elle ne veut pas que l'on sache qu'elle est dans notre établissement. Aussi, pensez à prévenir vos proches de la joindre sur son portable.

— Bien sûr, bien sûr… Merci beaucoup. Où se trouve la pouponnière ?

— Au bout du couloir à gauche.

— Merci encore…

Je longe le couloir, la peur au ventre. Hantise de ne pas être à la hauteur. Je reste derrière la vitre, comme devant un aquarium. Je les observe. L'endroit ressemble à une boutique de poupons plus vrais que nature. Certains montrent déjà un tempérament colérique, d'autres s'avèrent plus tranquilles. J'entre, circule entre les berceaux transparents. Je les dévisage tour à tour. Il y en a pour tous les goûts, des roux, des blonds, des chauves, des velus, des roses, des noirs, des fripés, des gros nez, des petites bouches, des mignons, des laids. Je le reconnais au milieu de toutes ces têtes tantôt affamées, tantôt endormies ou encore râleuses. Son crâne garni de cheveux noirs, son visage déjà familier, nez retroussé de sa mère, yeux couleur bleu encre, même si je sais qu'il ne les gardera peut-être pas. Il est calme.

Il écoute, observe. Il gazouille, même. Il doit se demander où il est. Comment vit-il d'être projeté dans la turbulence de la vie après ces neuf mois à l'abri du bruit et des regards ? Un grain de poussière au cœur d'un immense désert constitué de merveilles, de dangers, de découvertes. Je me penche au-dessus de lui. Il doit sentir ma présence et tourne son visage vers moi. Un échange chargé de reconnaissance et d'amour, même si je ne suis qu'une ombre pour lui. Je l'attrape maladroitement. Il est si petit, si innocent. Il porte en lui un peu d'elle, un peu de moi, de nous et beaucoup de lui. J'aimerais que ces minutes s'éternisent. Le lien invisible et inaltérable entre mon fils et moi se crée. Nous sommes ses repères. Nous l'accompagnerons sur son chemin. La responsabilité paraît soudainement démesurée. Je ne sais pas quel père je suis ni celui que je deviendrai. Je ne serai jamais parfait. Je m'acquitterai de mon mieux de la tâche avec mon éducation, mon histoire, mes principes. Je souhaite que Léo demeure un homme libre. Un être plein d'espoir, parce que tout est possible. Je l'aiderai à trouver certaines clefs, il devra chercher les autres. J'écouterai ses chagrins sans les juger. Je partagerai ses joies si tel est son désir. Je ne lui demanderai rien en retour. Il ne me devra rien. Jamais. Il ne portera pas sur ses épaules le fardeau de la reconnaissance ou, pire encore, celui de la culpabilité, si souvent provoquée par nos parents.

Mon fils et moi retrouvons Lucy. Elle nous offre son plus beau sourire. L'émergence a eu lieu. La chrysalide s'est muée en un majestueux papillon. Lucy est une maman à part entière. Léo sent le lait maternel. Il commence à chouiner. Sa mère le prend dans ses bras, défait son soutien-gorge d'allaitement. Ses seins sont énormes. Notre fils farfouille en quête d'un téton. Il ne tarde pas à trouver l'objet du désir, s'en saisit goulûment, sous nos yeux émerveillés.

— Alors ? Ça fait quoi ?

— Je ne sais pas… Il n'y a pas de mot… Et toi ?

— Tout est à sa place. Je suis dans ma vie. J'ai construit ma famille, celle que j'ai choisie. Je t'aime de tout mon être, de tout mon cœur. Merci, merci d'être toi… merci de m'aimer… Merci pour ce cadeau… cet enfant que je n'espérais plus…

Je ne peux retenir mes larmes. J'embrasse cette femme si forte et pourtant si fragile.

— Tu as tout bousculé dans ma vie, ma conception de l'existence, ma vision des choses. Grâce à toi mon rêve est devenu réalité.

— Bon, c'est pas une fille ! En même temps, je t'avais prévenu !

— Ce sera pour une autre fois.

— Parce que t'en veux combien ?

— Joker ! Tu pourrais t'enfuir…

Lucy me fait une place. Je me colle contre elle et caresse la tête si douce et délicate de notre enfant. Il s'endort sur le sein de sa mère. Image d'Épinal.

La parenthèse enchantée

Les jours s'enchaînaient avec leurs lots de découvertes, d'inquiétudes et de surprises. Lucy ne supportait plus le ballet incessant des curieux. Elle prenait son mal en patience. Regardait son fils passer de bras en bras. Il devinait tous ces visages inconnus, découvrait les odeurs, pas forcément agréables, reconnaissait les voix, parfois familières. La maman se retenait de ne pas hurler : « Foutez-lui la paix ! » Elle attendait patiemment la fin des visites pour se retrouver seule avec son enfant qui, lui, se montrait conciliant et plutôt ravi de cette agitation. La mère et l'enfant prenaient déjà de mauvaises habitudes et s'endormaient collés l'un contre l'autre. Charly se doutait que les rôles devraient se redéfinir. Comme il l'avait supposé, Lucy était une maman « louve », et toutes ses attentions se portaient vers leur fils. Le couple allait en souffrir, sans compter la fatigue, les angoisses, les frustrations. Lucy aurait-elle la sagesse de faire la part des choses entre sa dévotion pour ce petit être et l'amour pour son mari ? Charly s'en persuadait.

La petite famille quitta la maternité le jeudi matin à la suite de la visite du pédiatre. La voiture chargée, Léo installé dans sa nacelle. Lucy trop heureuse de rentrer chez eux. Charly démarra. À compter de ce jour, ils se jurèrent de ne jamais se quitter.

La vie s'organisait. Chacun trouvait ses repères, sa place dans le nouvel «organigramme». On fêtait la première semaine de Léo, son premier mois, son deuxième mois, et ce jusqu'à ses un an. L'appel de la mer grandissait chez Charly. Lucy l'encourageait afin de lui éviter tout sentiment de culpabilité. Il recommençait les entraînements. Les choses bougeaient aussi du côté de Lucy. Juliette Binoche s'imaginait bien en Mado. Les deux femmes se rencontrèrent un mardi matin dans un bar du 9e arrondissement de Paris. Elles échangèrent à bâtons rompus toute la journée : de Pierre Rabhi à la danse contemporaine; du métier d'actrice à la peinture; de leur progéniture en passant par le réchauffement climatique pour en revenir à la très chère Mado. Lucy appréciait l'intelligence de cette femme, sa pertinence, sa générosité. Juliette, quant à elle, emballée par l'enthousiasme de la future réalisatrice, s'engageait dans l'aventure. Lucy se lançait alors dans une véritable chevauchée entre son rôle de maman, celui d'épouse et celui de réalisatrice entre Paris et Saint-Jean. Léo s'adaptait parfaitement à ce rythme. Tant qu'il se trouvait près de sa maman, rien ne pouvait lui arriver. Lucy ne cessait jamais de l'observer. Elle adorait jouer avec lui, lui chanter des berceuses, lui raconter des histoires. Elle était la mère qu'elle aurait rêvée avoir. Léo fit ses premiers pas à dix mois, trop pressé de découvrir le monde. Il prononça ses premiers mots à douze, trop frustré de ne pouvoir s'affirmer. Pendant les absences de Charly, le petit garçon prenait toute la place dans le quotidien de sa mère. Tout naturellement, à chacun de ses retours, le papa regagnait la sienne avec délicatesse.

Une gymnastique délicate pour les uns et pour les autres, mais tellement nécessaire à l'équilibre de ce trio infaillible. Charly profitait de ces épisodes pour partager un maximum de temps avec son fils. Ils partaient en mer tous les deux. Ils construisaient des châteaux de Kapla. Il lui racontait l'histoire du soir avant de retrouver sa femme et de savourer chaque parcelle de son corps. Lucy en profitait pour remplir ses obligations professionnelles. Ana devint la marraine de Léo, François le parrain. Sans eux, rien n'aurait existé.

Ana descendait souvent à Saint-Jean et partageait des moments privilégiés avec Lucy. Elles arpentaient les plages désertes de l'Océan ou les bords de la Nive, avec Stella et Léo, pendant des heures. Les deux enfants entretenaient un rapport très fusionnel. Pendant que Stella jouait les grandes sœurs, les mamans s'enfermaient dans la cuisine des matinées entières pour se consacrer à leur nouvelle passion. Ana découvrait une Lucy plus mature et une maman investie corps et âme. Elle était si fière d'elle. Ana seule savait d'où revenait Lucy. La maternité la transcendait. Elle apprenait à se maîtriser, ne refusait plus l'amour mais s'en immergeait avec béatitude. Lucy se sentait aimée, reconnue, soutenue. Elle triomphait de ses années d'errance.

Le tournage de son premier long-métrage débuta. Juliette Binoche en était la tête d'affiche. Ses rêves se réalisaient les uns derrière les autres. La vie était-elle aussi simple ? Suffisait-il de demander pour obtenir ? Ou de croire sans rien attendre, pour se réjouir de l'imprévu ? Se détacher du désir et se laisser surprendre par la vie, avoir confiance en elle et l'accueillir ?

Après une première semaine timide, Lucy s'éclata dans son rôle de réalisatrice. Dorénavant, son avenir passerait par là.

Le film remporta un joli succès critique et public. Les propositions s'enchaînaient. Lucy les déclinait. Elle souhaitait voir grandir son fils. Entre la préparation, le tournage, le montage, la promotion, elle avait « sacrifié » deux ans pour la concrétisation de son autre « bébé ». Elle avait besoin de se ressourcer.

Déjà, Léo rentrait à la maternelle. Le lundi 2 septembre 2013. Il n'était plus question d'être par monts et par vaux. Le petit garçon avait besoin d'une certaine stabilité afin d'appréhender, au mieux, le début de sa scolarité. Trop consciente de l'importance pour un enfant d'avoir des repères solides, Lucy mettait tout en place pour son bien-être. Charly continuait ses compétitions, et, pour chacun de ses retours, le tandem montait des « pestacles », préparait des crêpes, dessert favori de Charly. De temps en temps, Lucy confiait leur fils à ses beaux-parents et embarquait son homme pour un week-end en amoureux. Comme avant…

Lucy ne courait plus après la reconnaissance. Elle savourait son nouveau rôle de femme au foyer. Elle prenait des cours de peinture et de sculpture. Elle n'attendait rien de plus, ne demandait rien d'autre. Elle possédait déjà tout.

Lucy
Ainsi va la vie
2013-2014

Aujourd'hui, Léo rentre en petite section. Trois ans se sont écoulés depuis sa naissance. C'était hier. Pendant ces trente-six mois, mon fils s'est développé sur le plan social, affectif, physique et intellectuel. Il a appris à se tenir assis, debout, à marcher, à parler, à se faire comprendre, à écouter, à dire « non », aussi. Un peu trop souvent, à mon goût ! Nous l'avons entouré de notre mieux, cajolé, porté, consolé, bercé, encouragé, couvert d'attentions. Tout au long de ces cent cinquante-six semaines, Léo m'a accompagnée dans tous mes déplacements. Il a apprivoisé une multitude de visages, apprécié de nombreux paysages, humé des odeurs douces ou acides, entendu des voix mélodieuses, d'autres insupportables, le tout avec une faculté d'adaptation déconcertante. Il a vécu ses premières années à mon rythme, pas vraiment régulier, mais plus ou moins raisonnable. Durant ces mille quatre-vingt-douze jours, je n'ai cessé d'être émerveillée par ce petit « d'homme ». Léo est beau. Ses grands yeux bleu marine lui mangent le visage. La profondeur de son regard vous transperce. J'imagine sa capacité à déchiffrer nos failles les plus secrètes. Ses boucles châtain foncé tombent sur ses épaules. La fossette dessinée sur sa joue potelée lui confère une gueule d'ange. Quant à sa bouche charnue, identique à celle de son papa, elle laisse supposer une belle sensualité. Il a les traits de son père, mais souvent mes expressions s'esquissent sur sa bouille. La générosité, la bonne humeur, la détermination résument bien son caractère. Léo peut regarder le même dessin animé une bonne dizaine de fois. Il connaît les « mots magiques » par cœur. Il sait obtenir ce qu'il veut, quand il veut, avec qui il veut. Il maîtrise parfaitement l'art de la séduction. Il discerne ce qui est possible de ce qui ne l'est pas. Il appréhende les interdits tout en essayant de les contourner régulièrement. Il peut se montrer doux comme un agneau et chiant comme la mort. En gros, il est comme tous les enfants, tantôt adorable, tantôt à gifler, mais pour autant il réfléchit avec une certaine sagesse. Nous avons essuyé quelques grosses colères, de celles que l'on trouvait inadmissibles chez les autres tant qu'on ne savait pas. Il dit souvent un mot pour un autre, le fameux « pestacle », « le coup de marter » pour le marteau. Il souhaite devenir « découvreur de diamants » ou « marinier » comme papa. Il possède une imagination débordante, un joli grain de voix, et danse comme Travolta dans *Pulp Fiction*. Je pense pouvoir affirmer que Léo est un enfant heureux, bien dans ses baskets. Il se réveille avec la banane et s'endort avec son doudou « Tigrou », sans veilleuse, les bras en croix et le sourire aux lèvres. Jusqu'à ce jour, j'ai réussi le défi d'être une bonne mère sans le mode d'emploi, sans exemple, sans souvenir. Les deux hommes de ma vie m'ont guidée vers le meilleur de moi-même. En vingt-six mille deux cent huit heures, mon amoureux s'est mué en papa gâteau. Du fait de nos emplois du temps respectifs, il aurait pu être difficile pour mon mari de trouver sa place au cœur du duo inséparable, mais son intelligence et sa persévérance ont eu raison des obstacles. Charly est un père fantastique, doté d'une patience hors norme, d'une douceur et d'une empathie réconfortantes pour notre petit Léo. Qu'est-ce que j'aime notre vie !

Nous voilà donc devant le portail vert, devant ce lieu qui va me « voler » mon petit ange. Il est fier, avec son sac à dos à l'effigie de Superman dans lequel se cache « Tigrou » pour la sieste. Il me regarde intrigué, ne comprend pas mes yeux humides. Il est excité de découvrir sa classe, ses copains, sa maîtresse. Léo ne s'inquiète de rien, jamais. Voir le monde à travers le prisme d'un enfant bouleverse tous les codes. Les priorités évoluent, les projets s'ébranlent, le quotidien varie. Rien ne compte plus que lui. Je ne garde que peu de souvenirs de ma vie d'avant. Il n'est pas vain de dire que je suis née avec lui. Depuis sa naissance, le goût de mon existence découvre de nouvelles saveurs. Elle est plus sucrée, plus douce, plus colorée, plus ronde. Sommes-nous fusionnels, comme le souligne souvent Charly, sur le ton de la plaisanterie ? L'image me dérange : trop réductrice, un brin étouffante. Notre relation se fonde sur un socle solide entre amour, confiance et autonomie. Je lui apprends à exprimer ses émotions. Je lui explique qu'être fort comme papa est une bonne chose mais que tout le monde a le droit d'avoir mal, de pleurer. Je lui répète qu'il a le droit ne pas être d'accord, de ne pas être content, et qu'il est nécessaire de partager ses ressentis avec nous. Je m'évertue à trouver la bonne distance entre le laisser vivre ses expériences et le protéger des dangers. J'ai tout lu, enfin presque, sur la relation complexe mère-fils, tellement je redoutais de ne pas être à la hauteur. Mais rien ne vaut cet instinct maternel qui jaillit presque naturellement de nos entrailles. L'attitude de Léo face aux inconnus, à nos amis, à sa famille ou à diverses situations me conforte en l'éducation que Charly et moi proposons à notre enfant.

Après un bref discours de la maîtresse, la visite de la classe, du dortoir, de la cantine, il est l'heure de partir, de le laisser. Certains enfants commencent à pleurer. D'autres sont déjà trop occupés à jouer, en quête de ce nouvel univers. Léo n'a connu ni crèche, ni nounou. Il a surtout évolué dans un monde d'adultes, alors, tous ces enfants réunis dans le même espace est une nouveauté pour lui. Je le serre dans mes bras et prends sur moi pour ne pas craquer. Maudit syndrome de l'abandon, quand tu nous tiens.

— Ça va aller, petit d'homme ?
— Ouais !
— On dit pas « Ouais » !
— Oui, maman.
— Papa et moi venons te chercher après la sieste, comme je t'ai expliqué.
— Oui, je sais.
— Tu es sage, hein ? Je t'aime, mon soleil.

Dernier baiser. Charly prend le relais.

— Bon, petit gars, tu passes une bonne journée, OK ? Amuse-toi bien et on écoute la maîtresse. OK ?
— OK, papa.

J'embrasse notre fils et Charly m'entraîne dans son sillage. Je jette un dernier coup d'œil à mon bébé, qui ne l'est déjà plus. Il joue tranquillement avec un petit copain, sans le moindre regard vers sa mère. Ingratitude ! Je franchis la grille de l'école et m'effondre en larmes. Tout compte fait, je suis peut-être fusionnelle avec mon petit garçon. Plutôt crever que de l'avouer ! Mon mari m'emmène prendre un café, comme avant, juste lui et moi, chez « Ttipia » place Floquet. Charly cache ses émotions. Il verbalise rarement ses états d'âme et déteste parler pour ne rien dire. En le regardant, je prends conscience que l'amour ne suffit pas à construire une relation saine et durable. L'amour éternel découle d'une utopie enfantine. Au même titre que le désir physique s'étiolera au fil des années, la passion cédera la place à un projet de vie en commun, des idées partagées, une tendresse infinie pour l'autre, du respect, de l'admiration.

L'été joue les prolongations, le soleil encore chaud sèche mes larmes.

— Ça va ?
— Ça fait bizarre.
— Ça va lui faire du bien de se décoller de sa mère !
— Je sais, mais ça fait bizarre quand même. En plus, on ne connaît pas sa maîtresse, ni le personnel de l'école. Il y a peut-être des pédophiles, des voleurs d'enfants…
— Bien sûr… Des ogres, des fauves…
— C'est pas drôle… On ne sait jamais !
— Je pense qu'on sera vite fixés. Sa maman lui a bien appris à s'exprimer, à poser des mots sur ses maux…

Je regarde mon homme. Qu'il est beau.

— Tu m'as manqué.
— Pourtant, je suis là.

— Ça fait du bien d'être tous les deux.

— C'est vrai que c'était un peu compliqué, ces derniers temps, pour se retrouver.

— Ça te fait rien, la rentrée de Léo à l'école ?

— Si !!! Une folle envie de lui faire une petite sœur.

— J'y arriverai pas… Ne me demande pas ça…

— Je ne te demande rien, j'émets des souhaits.

— Tu m'en veux ?

— Jamais de la vie… Ce serait cool, c'est tout. En même temps, j'y pense pas tous les jours non plus, c'est pas une obsession. En plus, c'est pas moi qui le porte…

Nous sommes lundi, et aucune obligation ni pour déjeuner, ni pour la sieste. Nous traînons dans les rues de Saint-Jean, la tour Notre-Dame, le vieux pont, la rue de la Citadelle, joyau de ce havre de paix, la porte Saint-Jacques. Pas d'enfant à surveiller sur le trottoir. Je ne suis pas en mode vigilance. Il manque quelque chose dans ma main, cinq petits doigts grassouillets. Je n'entends pas la ritournelle : « Maman, c'est quoi ça ? Maman, je veux ça ! Maman, ça sert à quoi ça ? Maman, j'ai faim ! Maman, j'ai soif ! Maman, j'ai envie de faire caca. J'ai mal aux pieds, maman ! »

Je me sens légère mais tellement orpheline d'une partie de moi. Après les fameuses truitelles croustillantes du « Relais de la Nive », nous rentrons. Le pas de porte franchi, Charly me couvre de baisers. Il me déshabille avec fougue. Nos mains courent sur nos peaux humides. Nous laissons exploser notre plaisir dans le salon à même le sol sans crainte d'être importunés, ni même entendus.

Il est quinze heures trente. Mon esprit, mon corps se remettent en mode maman, presque malgré moi. Je trépigne à l'idée de retrouver mon fils, ma vie.

Seize heures. Nous sommes devant le portail depuis dix minutes. Je pourrais sauter par-dessus la grille si je n'avais pas un minimum de retenue. La directrice ouvre le portail et invite les parents à aller chercher leur progéniture. Mon cœur s'accélère comme lors d'un premier rendez-vous amoureux. Je le vois derrière la fenêtre. Il nous attend. Il nous cherche. Nos regards se croisent. Il me sourit et mon cœur chavire.

Charly
Un peu de nous
2013-2014

Et voilà, notre petit garçon fait sa rentrée aujourd'hui. En trois ans, la vie a repris son cours, plus vraiment comme avant. Au vu de sa petite taille, Léo occupe une place démesurée dans notre quotidien, dans nos cœurs. Et lui, comment nous perçoit-il ? Il reste un mystère pour moi. Ses yeux expriment tour à tour ses émotions. Il n'a pas besoin de mots. Je m'absente beaucoup depuis un an. À chacun de mes retours, il me défie, me fait payer mes absences. J'use, alors, de tous les stratagèmes pour l'apprivoiser à nouveau. Rien n'est jamais gagné avec un enfant, tout se paye cash, pas de faux-semblants. Il exprime son mécontentement, peu importent les conséquences. En devenant adulte, nous perdons cette spontanéité. Il n'écoute que son instinct, sans aucune forme de calcul. Un petit animal. Lucy entretient cette « liberté d'être », chez Léo. Elle refuse de lui imposer quoi que ce soit. Elle lui enseigne la politesse mais surtout pas d'être gentil avec tout le monde. Elle le conforte dans son jugement. Elle cultive son libre arbitre : « Non, Léo ne doit pas aimer tout le monde ni telle ou telle personne parce que nous, nous l'apprécions. Non, nous ne pouvons pas systématiquement lui donner la solution, c'est à lui de la trouver. » Elle lui parle comme à un adulte, lui explique le bien, le mal. L'importance d'être juste envers les autres et envers soi-même, de se respecter en respectant les autres. Elle lui apprend à dire « non » mais aussi à faire des concessions parce que certaines personnes le méritent. Léo ne deviendra pas « un clone de nous ». Il devra découvrir qui il est, lui, avec ses idées, ses aspirations, son tempérament. Nous essayons de ne rien projeter sur lui, pas de conditionnement, ni de quelconque ambition. Lucy est une maman surprenante. Elle atteint la maturité affective et émotionnelle pour se muer en mère, oubliant ses fragilités, ses maladresses. Elle ne doute pas. N'a plus besoin d'être en mouvement perpétuel. Elle se pose, savoure la paresse. Elle apprivoise les démons de son histoire. Léo est son gladiateur, celui qui va conquérir le monde pour elle. Il lui ouvre une fenêtre sur la planète Mars. Ce monde si différent de celui des femmes. Il est sa raison d'être, de vivre.

Rien ne m'enchante plus que de les observer. Ma femme lui apprend à danser, à chanter, à jouer la comédie. Elle le filme sous tous les angles. Ils cuisinent ensemble, dessinent, construisent, créent, inventent, parlent, crient, rient aux éclats. Leur relation n'accepte aucun compromis, libère la parole et les actes. Exister au milieu de ce tandem n'est pas aisé, mais pas impossible non plus.

Notre couple trouve aussi son rythme de croisière. Lucy nous organise des parenthèses amoureuses. Un resto de temps en temps, une escapade insolite en amoureux. Nous recevons beaucoup. Ana et Stella descendent souvent nous rendre visite. Lucy refuse toute proposition professionnelle depuis son film : « Je ne veux rien rater de Léo, tout va si vite. » Cherche-t-elle à réparer un peu de son enfance meurtrie ? A-t-elle réussi à faire le deuil de ses parents ? Là où d'autres ne cesseraient de rabâcher leurs traumatismes, elle choisit le silence. Elle avance pas à pas dans son nouveau rôle, le plus beau de sa vie, comme elle dit, avec confiance.

Suis-je en mesure de dire que je la connais vraiment ? Connaît-on réellement la personne qui partage notre vie ? Entre ce que nous vivons, ce que nous croyons, ce que nous refusons de voir, ce que l'autre ressent, ses sensibilités, nos projections, nos attentes, nos espoirs. Il me paraît vain de croire qu'il est possible d'appréhender l'autre. Au fond, est-ce si important, voire souhaitable ? Chacun sa part de mystère. Les goûts de Lucy en matière de cinéma, ses films préférés, ses choix musicaux, ses auteurs de prédilection n'ont plus aucun secret pour moi. J'anticipe ses réactions face à différentes situations. Je devine le sens de ses sous-entendus. Je finis occasionnellement ses phrases. Je comprends ses regards, ses sourires, ses larmes. Ça me suffit.

Léo n'aura ni frère, ni sœur. Lucy ne se sent pas capable de porter la responsabilité de mettre au monde un nouvel individu dans une société bien malade. Pour cette femme qui détestait se projeter, la voilà qui spécule sur l'avenir. J'espérais une famille nombreuse. Seulement voilà, tous les rêves ne se réalisent pas.

La fragilité du monde
2015

Sept janvier 2015. Lucy et ses hommes rentraient d'un voyage aux Maldives. Ils venaient de passer une dizaine de jours coupés du monde, tels des « Robinson Crusoé », sur un atoll égaré entre ciel et mer. Le trio, plus soudé que jamais, revenait bronzé, gorgé d'amour, des souvenirs plein la tête, et certainement pas disposé à recevoir l'onde de choc que s'apprêtait à vivre la France.

Leur avion se posa à neuf heures trente sur le tarmac de l'aéroport Charles-de-Gaulle. Ils prévoyaient de séjourner quelques jours dans la capitale avant de retrouver « leur » Sud-Ouest. Ils récupéraient leurs valises sur le tapis numéro cinq et sortaient en direction des taxis. Vers onze heures, ils montaient dans la voiture réservée la veille par Charly. Sur l'autoroute, à l'arrêt dans les embouteillages, la radio diffusait les tubes du moment. À onze heures quarante, un flash info vint troubler leur bonne humeur. Le pays vivait un des actes terroristes les plus meurtriers depuis les années quatre-vingt. Deux hommes encagoulés, vêtus de noir et armés de kalachnikovs, s'étaient introduits à onze heures vingt au siège de l'hebdomadaire satirique *Charlie Hebdo*, rue Nicolas-Appert dans le 11e arrondissement, près du métro Richard-Lenoir. Ils assassinèrent froidement douze personnes, l'agent d'entretien Frédéric Boisseau ; les dessinateurs Wolinski, Cabu, Charb, Tignous, Honoré ; l'économiste Bernard Maris ; le fondateur du festival « Rendez-vous du carnet de voyage » Michel Renaud ; les policiers Franck Brinsolaro et Ahmed Merabet ; la psychologue et chroniqueuse Elsa Cayat, le correcteur Mustapha Ourrad. Les assaillants avaient quitté les lieux en criant « Le Prophète est vengé ! » et « On a tué *Charlie Hebdo* ! ».

Ils arrivèrent dans leur appartement parisien et, dans un réflexe presque malsain, Lucy alluma la télévision. Elle resta prostrée devant le flux continu d'informations, nourrie par l'obsession de tout savoir dans les moindres détails. On venait de toucher la France en son âme, dans ce qu'elle chérissait depuis la nuit des temps : la démocratie, la liberté d'expression. Charly devait son prénom à ce journal fondé par François Cavanna et le professeur Choron en 1970, soit trois ans avant sa naissance. En fervents défenseurs de la liberté de la presse, Joseph et Marie s'abonnèrent, parmi les premiers fidèles, à cette relève de *Hara-Kiri*.

Pendant trois jours et comme la plupart des Français, Lucy et Charly vivaient au rythme de l'horreur : mort d'une jeune policière municipale, attaque d'une épicerie casher porte de Vincennes, quatre victimes, la traque des deux terroristes de *Charlie*. Lucy suivait le cours des événements sans filtre, incapable de garder le recul nécessaire pour ne pas tomber dans la psychose. Elle connaissait Wolinski. Elle avait partagé des moments privilégiés avec lui et sa femme, Maryse. Un grand enfant, bon vivant, plus rieur que provocateur qui aimait à dire « Il vaut mieux être un raté intelligent qu'un con efficace ! ». Ironie du sort, il était tombé sous les balles d'un con efficace. Elle ne connaissait pas les autres victimes mais souffrait pour leur famille. Elle regardait son fils et se demandait comment elle avait pu donner la vie à un innocent dans ce monde de fous. Elle n'ignorait pas les attentats du Capitole au nom de Carlos, celui de la rue des Rosiers au nom d'un antisémitisme révulsant, ceux de juillet 1983 à Orly pour la non-reconnaissance du génocide arménien ou ceux attribués à une organisation proche du Hezbollah entre 1985 et 1986, ni celui du métro Saint-Michel, de la station Port-Royal, ou encore celui dans une école juive en mars 2012. Lucy voulait comprendre. Elle se sentait lourde de larmes, de peine. Elle était trop jeune avant. Elle ne se souciait peut-être pas assez du monde qui l'entourait, trop focalisée sur son nombril, sur ses souffrances personnelles. Aujourd'hui, tout était différent, elle était maman et le monde la terrifiait. Lorsque le slogan «Je suis Charlie» envahit la Toile, la France et les villes du monde entier, elle fut fière de son pays. Avec ses proches, elle participa le soir même à un rassemblement spontané place de la République. Dans un silence religieux, illuminés par les flammes virevoltantes des bougies, Lucy, Charly, Léo, François, Ana, Stella, des amis, des anonymes et des touristes partageaient un moment de recueillement en hommage à ceux tombés sous les balles et pour l'espoir d'un monde de paix et de tolérance.

Même si la vie allait reprendre ses droits comme chaque fois, Lucy se doutait que plus rien ne serait comme avant. Une cicatrice profonde marquerait le cœur des Français. Il régnait un climat de suspicion, de crainte. Le plan Vigipirate «Alerte attentat» se développait dans la capitale. Elle voulait fuir cette ville, mettre les siens à l'abri de la folie meurtrière. Les emmener loin de ces vies assassinées.

Quelques jours plus tard, pour les cinq ans de son fils, Lucy ressentit une douleur à la tête, côté gauche, fulgurante mais d'une rare violence.

Charly, lui aussi profondément marqué, cherchait néanmoins à tranquilliser sa femme. Il démasquait le trouble chez Lucy, ses peurs exacerbées. Il croyait en la vie et en son pouvoir d'apaiser les traumatismes. La mer lui avait enseigné que le soleil revenait invariablement même après la plus grosse et la plus longue des dépressions. Rien n'était figé, ni définitif, excepté la mort. Lucy avait connu pire. Elle allait remonter vers la lumière. Il avait confiance en elle. De retour à Saint-Jean, le calme se pointa à nouveau. La famille reprit ses marques, son quotidien rassurant. Lucy se lança à corps perdu dans la peinture. Son exutoire. Elle déposait Léo à l'école et s'enfermait dans une sorte d'atelier improvisé au fond du jardin. Elle peignait des toiles rouge sang, des ombres noires terrifiantes, des innocents pris d'assaut, des enfants soldats. Elle détestait se sentir désarmée face aux menaces. Pouvait-elle encore croire à la résistance de la démocratie ? À la résilience de la France ? Le peuple français pouvait-il encore vivre ensemble ? À l'heure où les uns accusaient les autres, où les uns et les autres se sentaient trahis, où les médias et les élites payaient leurs errances et devenaient inaudibles. Quel avenir pour son petit Léo au cœur de ce marasme ?

Les semaines s'écoulaient, Lucy se consolait, ses maux de tête se calmaient sans disparaître totalement, et une fatigue latente s'installa sournoisement.

Léo entrait en grande section, du haut de ses cinq ans et demi, comme il disait. La maman s'habituait et regardait pousser son garçon. Elle adorait ses réflexions.

Il s'exprimait de mieux en mieux. Elle refusait de lui transmettre ses angoisses. Il évoluait dans un milieu propice à la curiosité, proche de la nature. Léo s'intéressait à tout avec appétence. Il questionnait, tentait des expériences. Sa curiosité et ses attitudes lui conféraient des airs de petit adulte. Léo et Lucy passaient un temps fou ensemble. Ils partageaient tout. Léo racontait son premier amour. Lucy écoutait comme elle seule savait le faire. Charly toujours présent, un peu en retrait, ne manquait rien de ce petit d'homme. Il était fier de sa femme, de son fils et de ce qu'ils construisaient ensemble.

Un jour, Léo posa à sa maman la fameuse question.

Lucy
Ça va ça vient
Novembre 2015

— Et elle est où ta maman à toi ? Et ton papa ? Pourquoi moi j'ai pas deux mamies et deux papys comme mes copains ?

Je viens de récupérer Léo à la sortie de l'école. Il me pose la question tant redoutée. Que répondre ? Avec quels mots ? Je cherche une explication simple, mais juste. Nous allons goûter dans le parc où nous avons nos habitudes. Nous prenons place sur le banc en bois, tout écaillé. Il a été vert à une époque. Léo me regarde avec insistance. Il attend une réponse, un peu comme le Petit Prince.

— Euh… Pour commencer, je ne sais pas où est ma maman depuis très longtemps. Quant à mon papa, je ne le connais pas.
— Ah, donc t'as des parents ?
— On a tous des parents, mon chéri. Mais moi, je ne les vois pas.

Est-ce suffisant comme réponse ?

— Comment ça se fait ?

Je m'en doutais…

— Euh… Je crois que ma mère m'a eue beaucoup trop jeune. Elle a préféré vivre sa vie de femme plutôt que celle de maman. Tu comprends ?

— Non !

— J'avais trois ans lorsqu'elle est tombée amoureuse d'un homme qui vivait très loin et elle a choisi de partir avec lui.

— Et pourquoi elle t'a pas emmenée avec elle ?

— Euh… C'est une bonne question. Peut-être qu'elle ne m'aimait pas assez…

— C'est possible ça ?

— Euh… Visiblement, oui… Mais c'est très rare.

— Et toi ? Tu pourrais me laisser ?

— Jamais, mon amour… Je t'aime trop !!!

— Et ton papa ?

— Euh… Je ne sais pas qui il est.

— C'est possible ça ?

— Ben oui, la preuve.

— T'es triste ?

— Plus maintenant, grâce à toi, à ton papa, à Mamie Marie, à Papy Joseph, Ana, Stella et tous les autres. Et puis, j'ai eu la chance d'avoir une super mamie qui m'a donné beaucoup d'amour et de l'espoir à revendre. Et toi ? Ça te rend triste de n'avoir qu'un papy et qu'une mamie ?

— Non… je ne crois pas.

Et le voilà parti avec ses copains. Je le contemple, le cœur serré. Il a pris l'information. Il va la digérer. N'en reparlera certainement plus. Le chapitre est clos. Il a sa réponse. La spontanéité déroutante des enfants nous remet souvent face à la réalité, celle que l'on voudrait oublier. Ils nous déversent leurs questions sans filtre. Alors, on cherche les bons mots, le bon ton, ne pas trop en dire pour ne pas les perturber, tout en répondant à leurs attentes, pour les rassurer du mieux possible. C'est aussi ça, être parents.

Jeudi 12 novembre. Je suis dans le train pour Paris. Je dois rencontrer un producteur pour un nouveau projet et répondre à quelques interviews. Je vais en profiter pour prendre soin de moi. Je me sens fatiguée, mes maux de tête surviennent souvent, plus ou moins intenses. Je n'ai pas mis les pieds dans cette ville depuis *Charlie Hebdo*. Je sors de la gare Montparnasse, sur le parvis, une bagarre entre clochards ivres éclate sous les yeux des enfants et des voyageurs. Les flics interviennent. Une arrivée tout en douceur ! Les rues grouillent de gens pressés. Le métro est bondé. Les Parisiens se croisent sans se voir. Les touristes découvrent l'une des plus belles villes du monde. Moi, je la trouve terne, anxiogène. Les sans-abri hantent les trottoirs. On nous agresse pour un euro ou une cigarette. La pauvreté éclate au grand jour sans le moindre trouble apparent. Le contraste est saisissant lorsqu'on arrive d'ailleurs. Je me mêle à la foule, mes écouteurs dans les oreilles, et m'enferme dans ma bulle. Je trace mon chemin sans perdre de temps vers mon appartement, rue Blanche.

C'est troublant de revenir ici, dans ma vie d'avant. Un retour aux sources, le célibat sans enfant, quelques jours rien que pour moi. Être maman implique une attention de chaque instant, demande de la patience, de l'écoute, une entière disponibilité. Alors, je me délecte de ces moments d'insouciance, même si je me sens amputée loin de mon fils.

Paloma m'invite à prendre le thé dans sa loge. On se raconte nos vies. Je lui montre les dernières photos de Léo.

— Comme il te rechemble… Ch'est une petite merveille che petit.

Son accent me manquait. Elle est amoureuse et ça lui va bien.

Je dépose mon sac dans l'entrée. Le silence me surprend. Les « Mamans ! », les cris, les aboiements, les jouets qui s'égosillent ont cédé la place aux photos, aux Post-it délavés, aux souvenirs de voyage, de tournage, figés sur les murs ou les étagères. Après une courte réadaptation, je décide de faire le tri. Je commence par le dressing. Depuis ma grossesse, mes hanches sont plus larges, mes seins plus mous, mon ventre moins ferme. Ne plus « faire » l'actrice me libère de la quête obsessionnelle du corps sculpté, irréprochable, imposée par les diktats de l'apparence. Comment ai-je pu porter ces chaussures ? Ces tenues ? Je me déguisais en femme publique pour disparaître, pour m'oublier. Une carapace pour me protéger des autres ou de moi-même. Ne pas se dévoiler, surtout.

J'ai rendez-vous avec Ana au « Petit Cambodge » à vingt heures. Je mets la musique à fond et vide mes armoires. Je donnerai tout à Paloma. Elle en fera bon usage. Deux heures plus tard, une montagne de fringues se répand sur mon lit. Je plie et range les piles dans des sacs « Tati ». Je laisse derrière moi la chrysalide. Une douche rapide, je me glisse dans un jean foncé, enfile un petit pull retrouvé au fond d'un tiroir. Il fait doux pour un mois de novembre. «Y a plus de saison ma bonne dame!» J'enfourche ma Triumph. Elle démarre au quart de tour. Depuis la naissance de Léo, je suis plus vigilante, ma vie m'importe. Je suis responsable. Mon fils attend sa maman. Je sillonne les rues de Paris. Les lumières illuminent les façades et la ville recouvre toute sa majestuosité. Je me gare. Des hommes me regardent sans délicatesse. Ça me dérange. Je suis une femme amoureuse et le regard de la gent masculine ne me flatte plus comme avant. Ana m'attend.

— Salut copine.
— Ma douce... Je suis tellement contente de te voir.

Et c'est parti pour des heures de conversation à bâtons rompus sur la vie en général et la nôtre en particulier. C'est pas comme si on s'était vues le mois dernier!

— Alors, pas de mec sérieux?
— Pour quoi faire?
— Ben, je sais pas... Refaire ta vie, par exemple. Tu ne vas pas jouer les ados jusqu'à quatre-vingts ans?
— Et pourquoi pas? De toute façon, tu as pris ce qu'il y avait de mieux sur le marché!
— N'importe quoi! Avec tous les mecs que tu croises... Y en a bien quelques-uns qui valent le détour, non?
— Pour une nuit ou pour une semaine peut-être, mais pas plus.
— Il t'a bien traumatisé, l'autre abruti.
— Je ne sais pas si c'est lui ou les exemples autour de moi. Tous les couples explosent. Reste plus que toi et Charly.

— En même temps, on a quelques années de retard. Je me suis mariée à trente-six ans là où tu te mariais à vingt-deux, forcément, j'ai bien profité avant. « Mariage plus vieux, mariage heureux. »

— C'est ça ! Moi je profite maintenant...

— Et ma Stella, toujours avec son amoureux ?

— Toujours ! Elle est partie pour faire les mêmes erreurs que sa mère.

Nous avons dormi ensemble, rue Blanche, comme au bon vieux temps.

Vendredi 13 novembre. J'enchaîne les rendez-vous. Je profite de la douceur automnale et me plonge dans le rythme parisien. Ma rencontre avec le producteur s'avère fructueuse. Nous travaillerons ensemble, très certainement. J'aime son projet. Il me laisse libre de choisir mes équipes, mon casting. En clair, il me fait confiance.

J'appelle mes hommes. Ils se promènent sur les bords de la Nive avec notre chien Calu. Eh oui, la famille s'est agrandie, bon ce n'est pas une petite sœur, ni un petit frère, quoique, c'est un joli labrador adopté fin août. Cette petite boule de poils prend pas mal de place et fait beaucoup de conneries. Il déteste la solitude et nous fait payer nos absences. Le potager en fait les frais, au grand dam de mon beau-père. Quant aux chaussures qui traînent ici et là, je vous laisse imaginer, mais les jouets de Léo restent, sans conteste, ses cibles de prédilection. Le petit d'homme en est dingue. Ils dorment ensemble, jouent ensemble, pleurent ensemble. Lorsque, caché sous la table, Léo lui raconte ses malheurs, notre chiot les écoute inlassablement avec toute l'empathie attendue. Calu sait consoler les chagrins les plus tenaces. Charly, quelque peu réticent au début, s'attache jour après jour.

— Comment s'est passé ton rendez-vous ?

— Super ! Le projet est top et j'ai un bon feeling avec le prod.

— Tu fais quoi maintenant ?

— J'ai une interview pour l'expo. Ensuite, je fonce à la Maison de la Radio pour une émission en direct. J'enchaîne avec massage, coiffeur, et je dois retrouver Ana et Stella en début de soirée. On hésite encore entre un resto, un ciné ou un théâtre. Je te tiens au courant. Je vous aime, mes amours.

— Nous aussi, on t'aime. Il nous tarde que tu rentres. Attends, je te passe Léo.

— Allô, maman !

— Coucou, mon ange, ça va ? Tu as passé une bonne journée, mon amour ?

— Oui oui. Tu rentres quand ?

— Après-demain, mon ange. Tu vas bien ?

— Oui. Bisous. Je t'aime.

— Allô... Désolé, il m'a rendu le portable. On s'appelle ce soir, ma lune ?

— OK, mon soleil, à ce soir.

— Je t'aime.

— Moi aussi, de tout mon cœur.

Léo déteste le téléphone. Nos échanges sont laconiques, forcément frustrants. Entendre ma voix sans pouvoir me voir, ni me toucher, lui procure plus de tristesse que de joie. Je prends sur moi pour ne pas insister. L'entendre me trouble et me rend mélancolique. Léo demeure le seul être au monde qui me manque intrinsèquement, viscéralement. Je me croyais vaccinée contre le manque.

Depuis ce funeste mois de janvier, la peinture s'est imposée à moi. Besoin de raconter les émotions autrement qu'à travers l'écriture ou encore le jeu. L'odeur des toiles blanches, les gouaches qui se mélangent, la texture, les couleurs, les pinceaux. Je laisse libre cours à mon imagination et projette en image une résonance de mon monde intérieur. Tout ce que je ne parviens pas à exprimer avec des mots. J'entre dans une espèce de transe lorsque l'inspiration me dépasse. Peindre pour soigner son âme. Joseph, bouleversé par le résultat, a pris la liberté de partager quelques clichés de mes toiles avec un de ses amis galeriste à Paris. Et voilà que mes peintures torturées post-attentat seront exposées le mois prochain.

Charly
La fragilité de la vie
13 novembre 2015

Je n'étais pas très enthousiaste à l'idée d'adopter un chien. Lucy et notre fils ont œuvré pendant des semaines pour me faire craquer.

— Ce serait tellement cool pour Léo. Un enfant unique a besoin de compagnie.

— On n'a qu'à en faire un deuxième.

— Je savais que t'allais dire ça…

— Je plaisante. Tu sais ce que c'est un chien ?

— Ben, c'est un truc avec quatre pattes et des poils.

— Lucy, tu sais ce que ça demande ?

— Certainement moins qu'un enfant.

— Enfin, Lucy, c'est pas comparable.

— Je plaisante, moi aussi !

— Il faut s'en occuper, lui donner à manger, jouer avec lui, le balader, le surveiller.

— Un peu comme un enfant.

— On peut tomber sur un dominant qui pourrait mordre Léo.

— Ah, non, pas les labradors !

— Parce que tu sais déjà la race que tu veux !?

— Mais pas du tout… Enfin, on a regardé, un peu comme ça, avec Léo, sur Internet. Il y a un élevage pas loin, d'ailleurs.

— Ah d'accord… Et vous en avez réservé un aussi ?

— Non... On s'est juste renseignés.

— Et quand on part, on fait comment ?

— Ben… avec un peu de chance, tes parents ou ta sœur l'adorent et la question ne se pose plus. Sinon, l'élevage fait pension aussi. Ils peuvent donc le garder quand on doit s'absenter.

— Ah, d'accord…

— Quoi ?

— De quoi tu parles, maman ?

— De rien, mon chéri… Enfin si, j'essaie de convaincre papa de prendre un chien.

— Oh oui !!! S'il te plaît papa d'amour… Un petit chien tout blanc. Il est trop beau… Et on a même trouvé comment l'appeler.

— Ah d'accord ! Et comment ?

— Calu ! S'il te plaît papa…

— C'est bon, Léo, c'est bon…

— Quand on est allés le voir, il m'a fait un gros câlin et il m'a léché la main…

— OK, Léo, on a compris.

Les joues empourprées et le sourire craquant de Lucy ont eu raison de mes derniers arguments. Voilà comment je me suis retrouvé ce vendredi treize novembre 2015 sur les bords de la Nive avec mon fils et notre chien Calu. Ils sont inséparables, les regarder jouer ensemble tient du spectacle. Où se trouve Léo, Calu n'est jamais bien loin. Je reprends la mer dans une semaine. Je savoure ces instants entre « mecs ». Léo grandit tellement vite. Il a cinq ans «et demi», comme il dit. Il est en grande section. Il aime les gens. Il est curieux de tout. C'est un enfant confiant, sans angoisse particulière. Il ressemble de plus en plus à Lucy. C'en est troublant. Le même regard, la même gestuelle, les mêmes expressions.

Dix-huit heures, le feu crépite dans la cheminée. L'humidité automnale se fait sentir malgré les belles journées. Léo joue dans sa chambre en attendant l'heure du bain. Je dresse la table, donne à manger à Calu, prépare une machine à laver. Lucy a réussi à m'embarquer dans sa philosophie de l'instant présent. J'apprécie chaque seconde et la vie m'apparaît plus douce. Je m'éloigne de ce vieux réflexe de regretter ce que je n'ai pas fait et d'anticiper ce que je pourrais faire. Je ne cours plus après le temps. Je suis ici et maintenant. Je n'entends plus Léo. J'entrouvre la porte de sa chambre délicatement, sans faire de bruit. Il est couché dans son tipi en position fœtus avec son doudou préféré, «Tigrou», le plus vilain, celui sans lequel le sommeil ne vient pas.

— Que se passe-t-il, petit d'homme?
— Je veux voir maman.
— Elle rentre bientôt, mon cœur.
— J'aime pas quand elle est pas là.
— Je sais… Moi non plus j'aime pas quand elle est pas là. Plus que deux dodos et nous serons tous les trois.

Je le prends dans mes bras et le porte jusqu'à la salle de bains en lui mordillant le ventre. Il rit aux éclats. Le coup de blues s'envole aussi vite qu'il est apparu.

La soirée se termine. Nous sommes couchés l'un contre l'autre dans son lit. J'aime ces moments en apesanteur, la lumière tamisée, nos ombres immobiles, l'odeur de mon fils, ses mains encore toutes potelées, ses deux petits doigts dans la bouche, son « Tigrou » lové dans ses bras. Il s'abandonne à l'histoire du soir. Au bout de quelques minutes, sa respiration s'apaise, son corps s'alourdit contre moi. Sa tête posée sur mon épaule se relâche de toute tension. Je me glisse délicatement hors du lit en me contorsionnant pour ne pas le réveiller. Je le borde, dépose un baiser sur son front et le quitte à pas de velours.

Il est 21 heures. Je n'ai pas de nouvelles de Lucy. Je sors fumer une cigarette. Calu se couche à mes pieds. L'atmosphère est lourde, triste. Ma femme me manque. Je suis oppressé sans raison apparente. Je rentre, ferme les volets. Calu ne me lâche pas d'une semelle. J'allume la télé. Le match amical France-Allemagne a commencé. Je me pose dans le canapé. Vers vingt et une heures quinze, un bruit assourdissant s'engouffre dans le Stade de France. Trois minutes plus tard, le même bruit plus fort, plus anxiogène. Le joueur en possession du ballon marque un temps avant de faire sa passe, et le match continue jusqu'à la mi-temps. J'appelle Lucy. Je tombe sur son répondeur.

« Mon amour, c'est moi, je suis inquiet. Rappelle-moi. Je t'aime. »

Vingt et une heures trente-sept. Le téléphone sonne. Je sursaute. Mon père.

— Tu as des nouvelles de Lucy ?
— Non, pas depuis cet après-midi. Pourquoi ?
— Tu as regardé iTélé ?
— Non.

Je change de chaîne. En bas de l'écran défile un bandeau : « Une brasserie à proximité du Stade de France vient d'exploser, faisant au moins un blessé ».

— Je ne sais pas où elle est mais une chose est sûre, elle ne peut pas être là-bas. Elle déteste le foot. Tu crois que c'est un attentat ?

— Il y a des rumeurs sur les réseaux sociaux. Tes petites nièces étaient au courant avant nous.

— Je te rappelle, papa.

J'allume mon ordinateur et ouvre ma page Facebook. On ne parle que de ça. Les minutes s'égrènent et toujours pas de nouvelles de Lucy. Je me raisonne. Elle n'avait rien à faire à la Plaine Saint-Denis. À la suite d'un message à propos d'une éventuelle fusillade au cœur de Paris, je change de chaîne, à l'affût de la moindre information. BFM TV, nouveau bandeau en boucle : « Une fusillade à la kalachnikov fait plusieurs morts dans un restaurant du 10e arrondissement de Paris. » J'appuie sur la touche rappel de mon téléphone. Le répondeur se déclenche dans la foulée.

« Bonjour vous êtes bien sur le répondeur de Lucy ! Bon, ben, je ne peux pas vous répondre là tout de suite et je ne suis pas sûre de vous rappeler dans les meilleurs délais mais laissez votre message… On ne sait jamais… À tout bientôt… Ou pas… »

— Tu fais chier, Lucy ! Ça part en couille à Paris… On parle d'une fusillade dans le 10e… Rappelle-moi dès que tu as ce message.

Le téléphone sonne à nouveau.

— Mon chéri, c'est maman. Tu as des nouvelles de Lucy ?
— Non, maman, je n'arrive pas à la joindre.

Un homme témoigne de la fusillade en direct de la rue Alibert. J'aperçois la devanture du restaurant de Lucy « Le Petit Cambodge », les pompiers, les sirènes, les gyrophares et les gens qui hurlent.

— Allô, allô, Charly…
— Je te rappelle, maman.

Je compose le numéro de François. Les yeux rivés sur les écrans.

— T'es où, mon pote ?
— À l'appart… C'est un truc de dingue… Putain !
— T'as eu Ana ?
— Je crois qu'elles sont allées au théâtre… Mais j'en sais rien.
— Tu sais où elles avaient rendez-vous ?
— …
— François ! Tu sais où elles devaient se retrouver ?
— Au « Petit Cambodge » vers vingt heures.
— …
— Allô, allô, Charly…
— C'est pas possible… Dis-moi que c'est pas possible.
— Calme-toi ! Oh putain…
— Quoi ?

— *Le Monde* en ligne parle d'une attaque en cours au Bataclan.

Les chaînes de télé passent en édition spéciale, les unes derrière les autres. J'abandonne mon téléphone sans m'en rendre compte. Je m'écroule sur le canapé, hypnotisé par les images toujours plus violentes, les témoignages de plus en plus démentiels. Paris est en état de siège et je suis sans nouvelles de ma femme, de la mère de mon fils. Je vérifie la chambre de Léo, par réflexe. Le petit ange dort à poings fermés. C'est beau, un enfant qui dort. Les larmes s'étranglent dans ma gorge. Je referme la porte. La nuit est sombre. La Lune joue avec les nuages. Mon téléphone bipe. Message de Lucy : « Mon amour, c'est moi, le réseau est saturé. Nous sommes confinés dans un théâtre. Je ne sais pas ce qui se passe. Je vais bien. Je t'aime. Je t'appelle dès que je peux. » Elle n'a rien. Elle va bien. Je rassure mes parents et François. Je m'obstine devant l'écran morbide. Incapable de savoir ce que je guette, ce que je ressens. Les journalistes sont dépassés par les informations qu'ils déversent dans un flot de paroles immondes. C'est l'affolement général. Ce que tout le monde redoutait vient de se produire : des attaques simultanées dans différents quartiers. Des monstres obscènes ont vomi leur haine en abattant lâchement des femmes, des hommes, peut-être même des enfants. Des êtres qu'ils considéraient comme leurs ennemis et dont le seul « crime » était de profiter d'une soirée douce en famille ou en couple, au restaurant ou dans un stade de foot. Daesh continue de jeter les communautés les unes contre les autres en massacrant, en inoculant le poison de la défiance. L'autre est une menace potentielle. Le sang des innocents coule dans les rues de Paris. Aujourd'hui, il suffit de vivre librement pour devenir la cible de ces fanatiques. Barack Obama intervient en direct de la Maison Blanche. Le président américain prend la parole avant même notre président. C'est encore plus grave que ce que nous imaginions. Mon téléphone sonne : « Amour ».

— Allô, Lucy ? Tout va bien ?
— C'est la guerre. Il y a des flics partout, des ambulances, des pompiers, les sirènes hurlent. J'ai peur, Charly.

Ma femme pleure et je ne peux rien faire.

— Calme-toi, mon amour.
— Pourquoi ? Pourquoi ils font ça ?
— Je t'en supplie, calme-toi, mon ange. Ça va aller. Rentre à l'appartement.
— Je ne peux même pas récupérer ma moto. Tout le quartier est bouclé.
— Prends un taxi. Tu iras la chercher demain.
— Je comprends pas…
— Y a rien à comprendre. Rentre. Ana et Stella sont avec toi ?
— Oui…
— Restez ensemble toutes les trois. Je ne veux pas te savoir toute seule.
— Comment va mon bébé ? Pourquoi on a fait un enfant dans tout ce bordel ?
— Lucy, ça suffit ! Arrête ! Je veux que tu te calmes et que tu rentres, maintenant. Tu m'entends !
— Je t'aime.
— Nous aussi, on t'aime et on t'attend. Tu m'appelles quand tu es rentrée.

Elle raccroche. Ne pas être avec elle, ne pas pouvoir la serrer dans mes bras me bouleverse. Une fois encore, Lucy reçoit l'horreur du monde en pleine face. La réalité qu'elle déteste tant. Elle est incapable de se protéger. Elle absorbe la peine des autres comme si elle lui appartenait. Ces assassins continuent de l'abîmer avec leur folie meurtrière. Je l'imagine dans cette ville mutilée, seule au milieu du désespoir, dans un état de sidération, désarmée face à la déshumanisation. Elle a surmonté l'adversité et ses traumatismes à coups d'optimisme et de résilience. Elle a fait la paix avec son passé, mais parviendra-t-elle à dépasser l'effroi du présent? Qu'avons-nous fait pour en arriver là? À quel moment le monde a-t-il dérapé et plongé du côté obscur de la force, comme dirait Léo? On savait?… On a laissé faire?… Les pays occidentaux ont-ils trop usé de leur pouvoir, de leur autorité, par intérêts immoraux? À force de mensonges outranciers, a-t-on déstabilisé le Moyen-Orient et fabriqué des bombes humaines? Ces individus galvanisés par l'obscurantisme manquaient-ils cruellement d'amour pour choisir d'assassiner des innocents? Je ne suis pas certain que les générations à venir, abreuvées d'une télé et de jeux vidéo sans foi ni loi, où l'ostentatoire vole la place à l'authenticité, où les valeurs transmises engendrent des jeunes dépourvus de bon sens, égarés dans un monde où le bien semble risible et le mal reconnu, trouvent le chemin de la raison. Un léger bruit me sort de mes pensées ténébreuses. Léo me regarde, les yeux pleins de sommeil.

— Elle est où, maman?

Ne rien laisser transparaître.

— Tu sais bien où elle est, maman. Elle est à Paris.

Il regarde l'écran de la télé. Il angoisse, je le vois. J'éteins.

— Viens faire un câlin à papa.
— Elle rentre quand, maman ? Elle va bien ?
— Bien sûr qu'elle va bien.
— J'ai fait un cauchemar...
— C'était quoi ?
— Maman était morte...

Est-ce ainsi que les hommes vivent ?

Vers une heure du matin, Stella, Ana et Lucy poussaient la lourde porte, en bois marron clair, du quatorze, rue Blanche. Paloma n'avait pu retenir ses larmes en prenant sa petite protégée dans ses bras. Les trois femmes étaient encore hébétées par ce qu'elles venaient de vivre. Ce à quoi elles avaient assisté. Ce à quoi elles avaient échappé. Ana était sans nouvelle d'un couple d'amis qui assistait au concert des Eagles of Death Metal. Du côté de Lucy, tout le monde répondait à l'appel, ou presque. Stella semblait avoir perdu une copine dans l'attaque du Bataclan, mais personne ne pouvait le confirmer. Aucune ne trouvait le sommeil, assommées d'images en ritournelle, d'informations en continu. Cent trente morts, des corps mutilés, plus de trois cent cinquante blessés, des explosions, des fusillades, une prise d'otages sanglante, sept lieux touchés entre vingt et une heures et minuit, ce vendredi treize novembre 2015. Un carnage, une nuit d'épouvante. Ils étaient neuf « sur le terrain ». Ils voulaient venger les femmes et les enfants tués en Syrie. Ils prônaient le retour de l'âge d'or islamique. Ils croyaient en un Dieu tout-puissant qui soi-disant leur chuchotait d'éliminer les « impurs » pour trouver la paix éternelle. Ils étaient pour la plupart morts en martyrs. Ces scélérats avaient rejoint leur maudit paradis en fauchant une jeunesse à l'aube de son avenir. Il y aurait un avant et un après cette nuit funeste.

Le jour suivant, Paris devint une ville fantôme. Les quartiers désertés par les badauds, les touristes, les curieux. Peu ou pas de circulation dans ces rues où foisonnait habituellement une armada de voitures. Les Parisiens, sonnés, restaient cloîtrés chez eux. Les commerçants demeuraient porte close. Il faudrait du temps à la France pour essuyer tant de chagrin, pour se relever. Cette tragédie enseignait la désolation et, pire encore, la peur à des millions de personnes.

La vie allait demander aux rescapés de ne pas se culpabiliser. Elle les aiderait à se réparer peu à peu, les pousserait à vider leur cœur de trop de peine pour éviter qu'elle ne pourrisse leur âme. Quand certains se poseraient la question « À quoi sert de pleurer ? », elle leur ferait comprendre qu'il est nécessaire de laisser couler les larmes pour laver le chagrin. Elle leur prouverait l'importance de ne pas se laisser aspirer par le désespoir, la rancune, la vengeance. Par de petits riens, elle leur rendrait le goût d'elle. Elle les guiderait vers le chemin de la résilience, vers celui du pardon. Certains devraient apprendre à vivre avec, d'autres sans « Eux », sans « Lui » ou sans « Elle ». Elle leur donnerait le courage de se redresser, de marcher, de courir, d'espérer à nouveau. Parce que la vie a ce pouvoir-là.

Le lendemain, un mal de tête, plus violent que les autres, terrassa Lucy. À tel point qu'elle vomissait ses tripes et restait de longues minutes prisonnière des toilettes, incapable de se relever. Ana, paniquée, la soutint jusqu'au canapé. Lucy lui promit d'aller consulter le plus rapidement possible tout en lui faisant jurer de ne rien dire à Charly.

Lucy retouva ses hommes le dimanche soir. En apercevant son fils, sur le quai de la gare, elle prit conscience, une fois encore, qu'être maman était comme de laisser son cœur se balader en dehors de soi. Pour lui, elle devait surmonter sa détresse, faire mine que tout allait bien. L'âme si pure de cet ange méritait bien mieux que les sarcasmes du fanatisme. Son mari et elle savaient pertinemment que leur fils devinait leurs angoisses. Ils ne pouvaient se résoudre à le laisser dans l'ignorance ou, pire encore, l'abandonner dans les méandres de ces fantasmes. D'un commun accord, ils tentèrent, le plus simplement possible, de lui expliquer ce que traversait leur pays, le monde.

— Un peu partout, il y a des guerres au nom de la liberté, du pouvoir, au nom d'idéologies ou encore de la religion, et beaucoup d'innocents sont tués…
— Ça veut dire quoi idéologie ?
— Euh… Défendre ses idées…
— Et innocent, ça veut dire quoi ?
— Ce sont des gens qui n'ont rien fait de mal.
— Pourquoi on les tue, alors, maman ?
— C'est l'injustice des guerres, en fait. Les innocents sont souvent les premières cibles.
— Mais on est en guerre en France, papa ?
— Non, pas du tout, mais de plus en plus de personnes se sentent rejetées, déracinées, ce qui engendre une certaine violence.

— Mais c'est pas notre faute.

— Non, non, mon chéri, même si on a certainement une part de responsabilité, ce n'est pas notre faute, et encore moins la tienne.

— Qu'est-ce qu'il faut faire, alors ?

— Il faut être gentil envers les gens qui le sont avec toi, c'est tout.

— Et si on est méchant avec moi ?

— Ben, il faudra te défendre.

— Faut avoir pcur, maman ?

— La peur n'empêche pas le mal d'arriver, elle n'est qu'un obstacle à ta liberté mon trésor, alors n'aie pas peur. Nous sommes là pour te protéger. Il y a plein de gens qui sont là pour veiller sur nous. Alors, reste serein mon petit ange.

Lucy détestait ceux qui l'obligeaient à tenir ce discours à un petit garçon de cinq ans et demi. L'idée d'entamer le capital confiance de son fils lui était insupportable. Vers vingt heures trente, la tribu Bélarté, au complet, allait dîner chez Dédé à « La Vieille Auberge ». Défier le réflexe de s'enfermer sur soi, sortir la tête de l'eau. Être tous ensemble pour se sentir plus forts face à la tragédie. Les parents, les grands-parents regardaient les enfants jouer comme si de rien n'était. Avant de replonger, inévitablement, dans l'effroi des événements qui les hantaient.

Le vendredi suivant, Charly prenait la mer pour trois semaines. Il s'était engagé depuis des mois et ne pouvait se désister. La vie continuait. Il s'inquiétait pour sa femme, elle trouva les mots pour le tranquilliser.

Le lundi matin, après avoir déposé Léo à l'école, Lucy, soucieuse de tenir sa promesse, se rendit chez son généraliste. Elle lui expliqua ses maux de tête, de plus en plus violents, ses nausées, ses coups de fatigue, de plus en plus fréquents. Il proposait un bilan sanguin et un examen neurologique, pour commencer. Lucy s'exécuta. Elle fit sa prise de sang le lendemain matin et prit rendez-vous chez un neurologue. Les résultats sanguins ne stipulaient rien de particulier et Lucy se rassura. Elle ne se sentait pas malade et ses maux de tête se raréfiaient. Tout allait bien, parfaitement bien.

Le mardi 1er décembre, à onze heures, le neurologue, Dr Elbaz, recevait Lucy dans son cabinet et commençait l'examen. Exercices musculaires classiques : test d'équilibre, marcher sur une ligne droite, serrer les mains, coordination des mouvements. Il évalua ensuite la sensibilité au froid, au chaud, à de légères douleurs. S'enchaînèrent les tests de réflexes. Lucy ne réagissait pas normalement du côté gauche. Suivit un examen de la vue qui ne s'avéra pas convaincant. Lucy répondit parfaitement au test auditif ainsi qu'aux tests de mémoire et de compréhension. Dans la foulée, un rendez-vous pour une IRM fut pris par le médecin. Ce dernier expliqua, calmement, qu'il préférait approfondir l'examen pour ne pas passer à côté de quelque chose. Tout allait trop vite pour la jeune femme. Elle détestait les médecins, les hôpitaux, les médicaments, les ordonnances. Elle se vantait de ne pas participer au déficit de la sécurité sociale. Tout à l'homéopathie, aux huiles essentielles. Depuis sa naissance, Léo ne connaissait que le « Doliprane » en pipette, dont il raffolait, et les « petits bonbons » blancs. Sous les conseils, flippants, du pédiatre, les jeunes parents avaient cédé sur les vaccins obligatoires, mais pas un de plus. Aujourd'hui, il existait des vaccins contre tout, contre la varicelle, la gastro, la grippe. À quand celui contre les cors aux pieds ?

Le mercredi matin, à la première heure, le généraliste appela Lucy.

— Bonjour, Lucy.
— Bonjour, docteur.
— Quand pourriez-vous passer me voir pour le compte rendu de votre examen neurologique ?
— Euh… Je ne sais pas… Il y a urgence ?
— Le plus vite sera le mieux.

Le ventre de Lucy se serra brutalement. Son regard fixa Léo.

— Aujourd'hui, c'est le jour des enfants, j'ai prévu plein de trucs avec Léo.
— Demain, après l'avoir déposé à l'école, je vous recevrai entre deux patients. Je compte sur vous ?
— Très bien.
— À demain, Lucy.
— À demain.

Lucy raccrocha. Le choc encaissé, elle refusa de céder à l'affolement et profita de la journée avec son fils. Ce soir-là, le sommeil mit du temps à venir.

Elle arriva au cabinet à neuf heures trente.

— Ça veut dire quoi ?
— Qu'il faut pousser les examens.
— Mais vous, vous en pensez quoi ?

— Je ne peux pas me prononcer, Lucy, je ne suis pas un spécialiste. On va prendre le temps de faire les choses dans l'ordre. Vous avez rendez-vous quand, pour l'IRM ?

— Demain après-midi.

— Très bien, on fait le point après.

— C'est grave ?

— Je ne sais pas.

Lucy, bousculée par la tournure des événements, ne comprenait pas ce qui se jouait. Oui, elle avait des maux de tête, mais comme des milliers de personnes. Oui, elle se sentait fatiguée, comme tout le monde en hiver. Mais non, elle n'était pas malade. Elle trompait son angoisse dans les rues de Saint-Jean, étrangère à ce qui l'entourait. Les paroles du médecin tapaient le rappel. Elle aurait voulu en parler à quelqu'un mais refusait d'alarmer qui que ce soit. C'était un mauvais rêve, elle allait se réveiller. Elle déambula jusqu'à la citadelle. Elle manquait d'air. De là-haut, elle distinguait la cour de l'école de son fils. Il faisait lourd en cet après-midi de décembre. Lucy s'installa à la terrasse d'un café. Malgré la saison, les rues grouillaient de touristes et de pèlerins. Elle surprit des regards furtifs. On la reconnaissait, encore, derrière ses lunettes noires. Elle commanda une vodka. Puis, une seconde, les glaçons s'entrechoquaient. Elle alluma une énième cigarette. Le liquide glissait avec volupté. L'alcool lui offrait une trêve dans la confusion de ses pensées. Elle régla l'addition et s'enfuit. Sur le chemin du retour, elle surprit son reflet dans la vitrine d'une boutique. Elle paraissait soudainement fatiguée, plus vieille. Ici, elle discernait des cris d'enfants. Là, elle découvrait un jeune couple qui s'embrassait, à pleine bouche, sous un porche. Son portable vibra dans sa poche. C'était Charly, elle n'avait pas la force de faire semblant et ne voulait pas l'inquiéter. Elle ne décrocha pas.

Le vendredi quatre décembre à quatorze heures, Lucy se rendit à Saint-Palais pour l'IRM. Elle semblait égarée dans un monde parallèle. Elle patienta dans la salle d'attente, incapable de réfléchir, de lire, de sourire. Son cœur battait un rythme qu'elle ne lui connaissait pas. Elle entra dans une cabine, retira ses bijoux et resta en tee-shirt manches courtes pour l'injection. Elle s'installa sur le lit froid de la machine. Kubrick aurait pu inventer cette espèce de monstre maléfique pour son *2001, l'Odyssée de l'espace.* L'infirmière, très délicate, tenta de la mettre à l'aise à coups d'inepties. Malicieusement, elle cacha l'aiguille reliée à la seringue, elle-même branchée à la poche pleine de produit de contraste iodé. Lucy la rassura :

— Allez-y ! Je ne crains pas les piqûres.

On lui expliqua que, une fois l'examen commencé, elle pourrait appuyer sur une sonnette placée dans sa main gauche au moindre souci. Elle entra dans le tunnel. Une sorte de cercueil métallique au bruit assourdissant. Elle pensa : « Quel drôle de métier ! Sans cesse confronté à la maladie. » Elle imaginait la jeune femme dans son local technique. Espace étriqué, en verre, garni de boutons, d'écrans, d'un micro. L'infirmière lançait l'iode hydrosoluble dans les veines de la jeune femme. La chaleur parcourait son corps, sa tête, satanée tête, ses artères pulmonaires. Elle gardait son calme pour ne pas bouger d'un millimètre, fermait les yeux pour ne pas laisser la place à une crise de claustrophobie. À cet instant, l'inconnue dans son « bocal » découvrit les impacts traumatiques du cerveau de Lucy. Ils se dessinaient sur les images. En bonne professionnelle, elle ne dirait rien, ne laisserait rien paraître. Lucy avait un mauvais pressentiment. Percevrait-elle quelque chose dans le son de la voix de son interlocutrice ? Tellement de non-dits, de sentiments passent par cet organe. La voix varie en fonction de notre humeur, de nos émotions. Elle nous trahit, parfois. Lucy maîtrisait parfaitement la sienne. Elle en avait si souvent joué. L'examen se termina. Le silence revint dans la salle, et Lucy entendit :

— Et voilà, c'est fini.

Drôle de phrase. Comment l'interpréter ? Impossible de détecter la moindre émotion. Trop laconique. L'infirmière allait la libérer. Lucy chercha son regard. Il était fuyant. La jeune femme s'affairait autour d'elle et préparait la machine pour la personne suivante.

— Vous pouvez vous rhabiller. Le médecin va vous recevoir. On va vous faire patienter dans la salle de repos pour plus de discrétion, madame Bélarté.

Maintenant, Lucy tremblait. La dernière phrase de l'infirmière l'avait prise de court. Elle en cherchait le sens. Assise sur une chaise, dans une salle impersonnelle, Lucy voyait sa vie défiler comme un diaporama. Son enfance chaotique mais somme toute joyeuse aux côtés de Mado. Les photos de sa maman sur la cheminée. Les questions sans réponses. Les longs échanges avec sa grand-mère, leur complicité, leur amour infini. Sa rencontre avec Ana. Sa réussite professionnelle inattendue. La générosité de la vie qui semblait s'excuser de l'avoir délaissée pendant un temps. Son coup de foudre pour Charly. Le basculement de son existence à la naissance de son fils. Les moments forts ou les anodins s'accordaient avec leurs bruits, leurs odeurs, et quand les larmes étaient montées, le médecin était entré.

— Bonjour, madame Bélarté, je suis le docteur Halimi.
— Bonjour, docteur.

Son visage doux et avenant demeurait fermé. Son expression trahissait la violence des prochaines minutes.

Lucy
Les turpitudes de la vie

Je reste incrédule, silencieuse. L'envie de hurler me brûle la gorge, celle de l'étrangler me démange. Mais rien. Les larmes ruissellent et musellent les mots à l'intérieur.

— Je suis désolé.
— Ce n'était pas prévu au programme de ma journée.

Il fait le tour de son bureau nourri d'empathie, d'humanité. Il serre ma main dans la sienne. Elle est douce. Il prend son temps.

— Le combat est rude et...
— S'il vous plaît, épargnez-moi les pauvres phrases toutes faites. Quel est votre diagnostic ?
— C'est un « glioblastome multiforme ».
— Mais encore ?
— Une forme agressive du cancer du cerveau.
— …
— Lucy, il y a des traitements qui peuvent vous aider…
— D'accord ! C'est tout ?
— Je préfère que vous en parliez avec mon confrère. Je l'ai prévenu avant de vous recevoir. Il vous attend.

Je ne contrôle plus rien. Voilà une semaine que la vie me malmène avec une cruauté insoutenable. Je ramasse mes affaires, récupère les enveloppes que l'on me tend, paye. Les regards des uns et des autres m'importunent. Impression d'être condamnée d'avance. Je sors de cet endroit de malheur. J'ouvre la portière de ma voiture, m'assois, introduis la clef dans le contact, incapable de démarrer. Le ciel s'assombrit, les éclairs illuminent l'horizon, les torrents d'eau s'abattent sur le pare-brise. La pénombre soudaine rend le décor du film qui se joue surnaturel. Je reste hébétée devant la colère du ciel étrangement commune à la mienne. J'appelle mon généraliste.

— Oui, bonjour, c'est Lucy…
— Où êtes-vous ?
— Je pars de Saint-Palais et je dois aller chercher mon fils à l'école. Je passe demain sans faute.
— Je vous attends. On doit prendre des décisions rapidement.
— Je m'en doute.
— À demain, Lucy. Reposez-vous bien.

Je ne souhaite qu'une chose, retrouver mon petit garçon. J'ai besoin de le voir, de le toucher, de le sentir. Il est ma vie, mon espoir.

Détour par la maison, je veux être la plus belle pour lui. Dans la cour, Calu se jette sur moi, tout heureux de me retrouver. J'aperçois, au loin, Marie. Elle me sourit. Je marque un temps, la dévisage. Elle me regarde, s'interroge. Je me ressaisis, lui rends son sourire. Comment l'annoncer à mes proches ? Cancer… Agressif… Traitements… Je suis malade… Suis-je condamnée ? Dans le hall d'entrée, je trébuche sur un des jouets abandonnés de Léo. D'habitude, je râle, aujourd'hui l'émotion l'emporte. Je le ramasse et me dirige vers la chambre de mon petit garçon. Je m'assois sur son lit et observe son univers comme si je le découvrais pour la première fois. Sur les murs, les photos de nous, de notre famille unie, de lui depuis sa naissance. Sur le sol, les vaisseaux Star Wars, construits avec son papa, et des pièces de Lego éparpillées un peu partout. Un enfer à ranger. Sur une des étagères, ses Playmobil pirates, délaissés pour une durée non déterminée, sur l'autre, un baril de Kapla, des puzzles. Au bout de son lit, une multitude de peluches en tout genre, de la plus laide à la plus gracieuse. Dans sa table de nuit, les histoires du soir, parfaitement alignées. Dans un coin, son armoire garnie de vêtements colorés. Mon cœur se serre. Je prends son oreiller et respire son odeur à pleins poumons. Quitte les lieux précipitamment. Je ne veux pas craquer. Je me déshabille et me glisse sous la douche. L'eau trop chaude me brûle la peau. Je me lave de cette journée, de cette maladie. Hier, j'avais des maux de tête bénins et à cet instant je suis atteinte d'un cancer. J'en veux au médecin pour sa brutalité, pour avoir prononcé le mot que tout le monde redoute. Pouvait-il faire autrement ? Ne lui ai-je pas demandé d'être direct ? Je viens de prendre un trente-huit tonnes en pleine face. Encore un. J'ai toujours rebondi, avec plus ou moins de facilité. Le combat sera sans doute plus ardu, cette fois-ci. J'aurais préféré ne pas savoir. Nul ne peut contrôler son destin, ni en modifier le cours. Il s'abat sur nous, et notre impuissance devant sa détermination nous paralyse. Il s'impose avec perte et fracas. Peut-on avoir foi en l'avenir, en l'amour, alors que l'insupportable surgit? À quoi tient la vie? À pas grand-chose… Comme tous les miracles.

J'arrive devant l'école de Léo. Mon fils me saute dans les bras et colle son nez en trompette dans mon cou.

— Tu m'as manqué, maman.
— Toi aussi, mon amour.
— Je t'aime fort, fort.
— Mais moi aussi mon petit ange, je t'aime fort, fort. Tu veux faire quoi? Goûter au parc ou rentrer à la maison retrouver Calu?
— Je veux rentrer et allumer la cheminée.
— Bien, chef! C'est parti!

Il est vingt heures trente, nous sommes sur Skype avec Charly. Bref moment de joie. Je joue la comédie, je dissimule. N'effrayer personne tant qu'on n'est pas sûr, tant qu'on ne sait pas vraiment. Il nous aime, on lui manque. Un dernier bisou virtuel et la connexion cesse. Léo prend son air innocent. Je sais exactement ce qu'il va me demander.

— Maman, on peut faire sauter lavage de dents, s'il te plaît, maman que j'aime?
— Non, non… On doit faire la chasse aux caries tous les jours, mon chéri. Allez, file dans la salle de bains.
— C'est pas juste! Je suis trop fatigué!
— C'est bizarre ça, t'es toujours fatigué pour te laver les dents… Allez, Léo dépêche-toi!

Les bras croisés sur la poitrine, l'air renfrogné, il déserte le salon. Cinq minutes plus tard, tout est oublié. Les dents sont propres ou presque, le pipi du soir est fait.

Je me couche à ses côtés dans son lit trop étroit. Je sens la chaleur de son corps, la douceur de sa peau. Il choisit *Le Petit Prince* et au bout de quelques pages, il s'endort. J'écoute sa respiration lente et profonde. Elle me berce. Il ronfle légèrement à cause de ses végétations trop encombrantes. Il faudra peut-être l'opérer l'année prochaine. L'année prochaine…

Mon médecin attend une réaction, un geste, un mot. Il vient de m'apprendre ma mort imminente. La seconde d'avant tout va bien, ou presque, et la seconde d'après tout bascule dans l'horreur. J'ai envie de vous dire que ça n'arrive pas tous les jours. Alors, je ne sais pas comment réagir. Dois-je pleurer ? Crier ? M'effondrer ? Le choc est indescriptible. Si j'ai bien compris, il n'existe aucune alternative. Les traitements tels que la chimiothérapie ou la radiothérapie m'aideront à tenir un an, tout au plus. L'opération n'est pas envisageable. On peut espérer une diminution de la tumeur, mais la finalité, à plus ou moins long terme, reste la même. Je vous fais grâce des détails, plutôt glauques, de la détérioration de mon état physique lorsque la maladie progressera dans son travail de sape.

Je sors de cet endroit de malheur et songe à mes amours, à Ana, à Stella, aux gens que j'aime et qui m'aiment… Au mal que je vais leur faire. J'entre dans le parc où mon fils et moi avons nos habitudes. Les larmes se confondent avec la pluie. Je ne ressens rien qu'un vide immense comme si une partie de moi m'échappait. Après l'averse, le soleil réapparaît, à l'instar de l'existence. Les images de mon bonheur foisonnent. La vie me démontre, à nouveau, à quel point il est vain d'essayer de tout expliquer, de tout comprendre, de tout prévoir, *in fine*, c'est elle qui décide.

Je suis assise sur le banc où Léo et moi avons gravé nos initiales, à l'aide d'un couteau en plastique, il y a deux ans. Quand tout allait bien. Des enfants glissent en riant aux éclats sur le toboggan encore trempé, d'autres jouent au ballon. Certains s'amusent dans le bac à sable humide, au grand dam des mamans et des papas. Je redoute la détresse de Charly, à l'annonce de la nouvelle. Je m'en veux déjà. Je n'imaginais pas une seconde que nos chemins, si intimement liés, puissent un jour se défaire. Et pourtant, ils vont se séparer de la pire des manières. Je voudrais réinventer l'histoire, la réécrire, déchirer les pages de ce chapitre. À présent, toutes les plaies de mon passé semblent dérisoires. Je ne verrai plus défiler les saisons, l'éclosion des magnolias, la floraison des amandiers avec leur parfum délicat, les jours de plus en plus longs, le retour des hirondelles. Les ciels d'été, la brise savoureuse du soir, tant attendue, après la chaleur étouffante. L'automne mordoré avec ses feuilles jaunes et séchées, jonchées sur le sol comme un tapis naturel. L'hiver et son manteau blanc. Noël en famille…

Ne rien dire à personne, pour ne pas blesser, pour ne pas sentir leur regard, pour ne pas tomber dans l'indélicatesse de la pitié. Continuer de vivre dans l'intensité de l'instant présent jusqu'à l'estocade… Illusion. Ne pas rentrer dans les détails, les préparer doucement, leur laisser le temps de s'habituer, les aider à accepter l'inacceptable afin de vivre le mieux possible. Les épargner d'un psychodrame. Certaines guerres sont perdues d'avance, aussi vaut-il mieux les éviter pour continuer dans la lumière et fuir la pénombre. Comme disait Mado : « Ne perds ni ton temps, ni ton énergie à te battre contre des moulins à vent. Bats-toi pour la bonne cause, pour ce que tu peux changer, et accepte les événements contre lesquels tu ne peux rien. »

J'aimerais serrer Léo dans mes bras, lui transmettre toute ma fierté. Il doit garder confiance en lui, en la vie, malgré le coup du sort qu'elle lui inflige. Ma chair souffre. L'absence est la pire des présences. Elle envahit les âmes, dessèche les cœurs. Elle se colle à nous et nous embarque dans une chute interminable. La fragilité d'un enfant ne devrait jamais se confronter à la cruauté de l'absence d'une maman.

J'ai peur de perdre la tête, d'agoniser sur un lit et de faire subir ces images, cette attente d'une fin nauséabonde à ceux qui restent. Je refuse leur détresse, leurs sanglots. Je veux les porter vers la paix.

Ce sera mon dernier véritable combat.

III

« Le passé est une ombre qui reste attachée à vous. »
Wong Kar-wai

Vivre encore et encore

Pour la deuxième fois de son existence, Lucy plongeait dans un monde mystérieux. La première avait été joyeuse et légère : la naissance de son fils. Celle-ci ressemblait à une vaste étendue, violente et douloureuse. De ce monde, elle ne s'échapperait pas. Elle devait tenir bon, coûte que coûte, jour après jour, envers et contre tout. Alors, la jeune femme se focalisait, plus que jamais, non plus sur la quantité mais sur la qualité. L'instant devait être unique. Elle rejetait ses peurs et accueillait l'enthousiasme. Elle admirait la beauté du monde et célébrait l'amour afin d'inciter ses proches à regarder vers un horizon plus grand. Elle ne se demandait plus « Pourquoi ? » mais « Comment ? ». Comment faire pour ne rien regretter, ne rien oublier, ne rien louper ? Elle laissait libre cours à toutes ses émotions sans retenue, sans jugement, pour mieux les dépasser. Elle essayait de s'extraire de la marche du temps. Elle continuait éperdument à ne plus envier hier, à ne plus appréhender demain. Chaque jour portait en son cœur ses surprises, ses hauts, ses bas, ses instants de souffrance insoutenable, mais, par-dessus tout, ses joies triomphantes.

Son homme rentrait demain. Lucy passa la nuit à faire et à défaire le film de l'annonce faite à Charly. Il serait le premier à savoir.

— Ça va, mon amour? Tu fais une drôle de tête.

Et la boule se forma à nouveau dans le ventre de Lucy. C'était maintenant. Elle ne pouvait se dérober. Elle chercha les mots décents, le ton juste, la bonne attitude. Charly s'approcha d'elle, l'attira dans ses bras. Alors, elle lui exposa la situation, sans détour, sans fioriture, dans l'ordre chronologique, dans le calme et l'acceptation. Il vacilla, quémanda de ses yeux perdus un peu de réconfort. Elle n'avait rien à ajouter. Elle demeurait debout, au milieu de la pièce devenue trop grande ou trop petite, et elle devinait la suite. Elle connaissait son homme.

Charly cherchait des raisons, des réponses, un coupable pour soulager sa désolation. Il passait de la colère à la tristesse, au désarroi. Elle s'y était préparée. Elle patientait en regardant l'amour de sa vie se débattre dans son marasme. Elle attendait le bon moment pour intervenir. Soudain, il s'écroula en larmes. La tempête se calmait. Le vent se couchait. Les vagues sur ses joues s'apaisaient. Elle s'approcha de lui, prit sa tête entre ses mains, l'embrassa à pleine bouche. Elle plongea ses yeux dans les siens.

— Mon amour, nous n'avons pas le choix. On doit faire de cette maladie quelque chose de beau. Remettre les compteurs à zéro, faire le vide pour se concentrer sur l'essentiel. On ne peut se laisser anéantir. On n'a pas le droit. On doit y arriver pour nous, pour Léo, pour ta famille et, surtout, pour ne rien regretter. Je t'en supplie.

— Mais de quoi tu parles, Lucy? Qu'est-ce que tu racontes? Je suis incapable de faire comme si tout allait bien. Tu te rends compte de ce que tu me demandes?! Il faut avoir un autre avis! On doit monter à Paris pour voir les plus grands. On est sûrs de rien, t'entends! C'est pas un médecin qui a le droit de vie ou de mort sur qui que ce soit. Oh! Lucy, réveille-toi!!! Comment tu peux baisser les bras comme ça?! C'est pas toi, ça!... Merde, tu fais chier!...

Il quitta la pièce en claquant la porte. Ça aussi, elle l'avait prévu. Il faudrait du temps à son homme pour se reprendre, pour accepter. À la radio, on entendait les premières notes de «L'enfant au piano» de Serge Lama.

L'enfant au cœur bien gros/Joue du piano/Sa maman est partie/Dormir au paradis/Les yeux perdus au ciel/Il joue pour elle/(...) Sa maman était belle/Quand il jouait pour elle/Et il jouera pour elle/ Toute sa vie.

L'étape d'après serait de parler à Léo. Pour cela, elle avait besoin d'un papa fort et rassurant. Elle attendrait le moment propice.

En quelques semaines, l'entourage du couple était au courant. Les réactions variaient. Ana refusait la réalité. Marie enfouissait sa tristesse. Joseph restait de marbre, tout du moins en apparence. Amandine s'effondrait...

Quant à Léo, avec son regard d'enfant, il ne prenait pas la mesure de l'enjeu. La scène se déroula dans le jardin familial, un jeudi ensoleillé, après une journée d'école. Lucy était assise à côté de son petit garçon sur la balançoire, le visage tendu vers le soleil, et comme d'habitude la mère et le fils se livraient l'un à l'autre.

— Comment s'est passée ta journée ?
— Pas très bien.
— Ah bon, pourquoi ?
— C'est vrai que je ressemble à une fille ?
— Ben non, qu'est-ce que tu racontes ?
— On m'a dit que j'avais des yeux de fille.
— « On » est un con, mon chéri. Tu as des yeux magnifiques.
— Évidemment, t'es ma maman.

Lucy ne manquait jamais de détailler les traits de son fils. Elle les photographiait pour les emporter avec elle… après… ailleurs… maintenant plus que jamais. Elle chérissait sa fossette sur la joue gauche comme son papa. Elle aimait son grain de beauté juste au-dessus de la lèvre, à la Cindy Crawford. Elle chavirait devant ses grands yeux bleu indigo bordés de longs cils noirs.

— Tu sais, mon cœur, il ne faut pas toujours écouter les autres. T'as déjà vu des filles avec un zizi, toi ?
— Ben non, les filles, elles ont pas de zizi !
— Ça peut arriver, mais bon, c'est un autre débat. Donc, tu es bien un petit mec. Alors ce que racontent certains ne te doit pas te blesser puisque ce n'est pas la vérité.
— T'as raison, maman !
— Dans la vie, tu rencontreras des gens gentils et des gens pas gentils, le monde est ainsi fait. Tu dois apprendre à faire la part des choses, mon ange. Il faut reconnaître ce qui est important, ce qui ne l'est pas. Concentre-toi sur les gens que tu aimes et qui te veulent du bien, laisse passer

les personnes malveillantes qui ne te méritent pas. Écoute ton cœur, mon amour. Lui seul a les vraies réponses.

Léo ne comprenait pas tout. Il détailla sa mère attentivement. La balançoire cessa son mouvement. Lucy se tenait accroupie devant lui. Elle prenait sur elle, pour être forte. Elle plongea ses yeux dans ceux de Léo.

— Qu'est-ce qu'il y a maman ? Tu fais une drôle de tête.

— Je suis malade, mon trésor.

— Ben, faut aller chez le docteur, alors.

— C'est… Un peu plus compliqué… Euh… Tu sais… La vie n'est pas éternelle, et c'est pour cette raison que l'on doit profiter à fond. On doit vivre nos rêves, se donner les moyens de les réaliser, aimer, découvrir, partager, sinon on passe à côté de notre existence. Et puis, après avoir vécu tout ça, eh bien, notre corps est très fatigué et il s'éteint tout doucement. Il meurt pour laisser notre âme partir vers le ciel. Parfois, on meurt très vieux et parfois un peu plus tôt.

— Je veux pas mourir, moi, maman.

— Et pourtant, ça arrivera un jour ou l'autre, et ce n'est pas grave. C'est comme ça, on ne peut rien y faire. Mais tu as toute la vie devant toi pour faire tout ce que tu veux.

— Et toi non plus je ne veux pas que tu meures !

— … Euh… Ce n'est pas nous qui décidons… La mort fait partie intégrante de la vie, c'est une chose naturelle. L'existence n'aurait pas la même saveur si elle était éternelle. On appelle ça le cycle de la vie. Regarde les feuilles des arbres, à l'automne elles meurent, elles tombent, et au printemps elles reviennent.

— Et toi, tu vas mourir combien de temps, alors ?

— La mort est définitive. C'est un voyage dont on ne revient pas.

— Alors, moi je veux pas que tu meures !

— Si j'avais le choix, je te jure que je ferais autrement... Mais, tu sais... Même si je ne suis plus là physiquement pour te parler ou te toucher, je ne serai jamais bien loin et je veillerai sur toi...

Les yeux de Léo s'emplirent de larmes.

— Viens dans mes bras, mon soleil. Je serai là, je suis sûre qu'il y aura du merveilleux après... Je serai ton être lumineux, ton petit ange gardien, rien qu'à toi...

Lucy résistait, le serrait encore plus fort contre elle, se gorgeait de cette odeur qu'elle aimait par-dessus tout. À cet instant, elle se détestait.

— J'aurai plus jamais de maman, alors? Tu vas me laisser comme ta maman elle a fait?

— Non, non, non, ça n'a rien à voir. Moi, je n'ai pas le choix. Je donnerais tout pour changer les choses, mais même les superhéros n'ont pas ce pouvoir. Je suis tellement désolée de te faire vivre ça.

— Et quand on est mort, ça fait mal?

— Non, au contraire, on n'a plus mal du tout. On ne ressent plus rien. On se repose.

— Et il fait noir? On a peur quand on est mort?

— Je ne sais pas... Je ne sais pas... Mais je veux que tu saches que tu n'as rien fait pour ça, que tu n'y es pour rien, que ce n'est pas une punition. C'est comme ça.

L'histoire continuerait sans elle. Le soir même, Léo délaissait son doudou « Tigrou » pour le « chèche » préféré de Lucy, aux couleurs vives et imprégné de son parfum. La maman aurait souhaité dormir collée à son fils toutes les nuits, le garder rien que pour elle, ne plus l'emmener à l'école, partager chaque seconde du reste de sa vie, mais c'était à lui qu'elle devait penser. Garder l'équilibre du quotidien pour une séparation moins douloureuse.

Quelques jours plus tard, Léo rentra de l'école avec un mot de la directrice dans son carnet rouge. Charly et Lucy étaient convoqués le plus rapidement possible. Dès le lendemain matin, ils se présentèrent, inquiets, dans le bureau de la dame à « la tête de chou », comme disait Léo.

— Je suis désolée de vous avoir dérangés, mais il me paraissait urgent de vous tenir informés de l'attitude de Léo, ces derniers temps.

— Mais on vous en prie, que se passe-t-il ? C'est grave ? demanda Lucy.

— Je pense que Léo manque d'attention…

— D'accord… Et qu'est-ce qui vous fait dire ça ? s'impatienta Charly.

— Il raconte n'importe quoi à ses petits copains jusqu'à les faire pleurer !

— Pardon ? s'inquiéta Lucy.

— Il n'arrête pas de dire que sa maman est malade et qu'elle va mourir, alors, vous imaginez le choc pour les autres enfants… Je ne pouvais pas ne pas vous en parler… Peut-être regarde-t-il des programmes télé pas vraiment adaptés à son âge. Vous comprenez bien qu'un enfant qui raconte de telles horreurs a un vrai problème psychologique. On ne peut demeurer dans l'ignorance.

— Mais, bien sûr, madame. Vous avez tellement raison. Alors, pour votre gouverne, sachez que notre fils ne regarde pas la télé hormis des dessins animés, il n'a pas accès à Internet, il ne joue pas à des jeux de guerre sur une console… Non, rien de tout ça. Notre fils est tout simplement confronté à la maladie de sa mère. En l'occurrence, un cancer incurable. Vous pensez bien que nous sommes absolument désolés qu'il ait pu raconter ce genre d' « horreurs », comme vous dites, à ses camarades, en même temps la vie est ainsi faite. Eh bien, nous n'allons pas vous retenir plus longtemps.

— Oh làlàlàlàlà, madame, je suis, je suis, je suis…

La directrice se confondait en excuses. Charly et Lucy quittèrent l'école et éclatèrent de rire. Rire nerveux, rire incontrôlable, rire libérateur. Peu importe, ça faisait du bien… de rire.

Tout s'enchaîna très vite pour Lucy. Les réunions avec des professeurs spécialisés. Un bilan d'extension afin de vérifier l'état de son corps. On décida du protocole. Elle se tenait témoin absent de ce jeu obscène dont elle ignorait les règles. On parlait d'une étrangère, pas d'elle. Lucy était un objet entre les mains des médecins. Un cas parmi tant d'autres. On lui posait un « port-a-cath » au niveau de la clavicule pour brancher le cathéter plus facilement lors des séances de chimiothérapie. On lui indiqua la liste interminable des possibles effets secondaires : de la diarrhée aux nausées en passant par la toux, l'essoufflement, la perte d'appétit, le manque de force, la chute des cheveux. Chaque nouvelle information lui faisait l'effet d'une claque monumentale. Elle encaissait sans broncher. Elle n'avait d'autre choix que la résignation.

Rapidement, elle se rendit quatre fois par semaine, pendant deux heures, dans une pièce austère affublée de néons jaunâtres qui éclaboussaient, de leur lumière blanche et crue, les regards glauques, les visages blafards des abandonnés de Dieu. On commençait par trois mois, ensuite, on verrait. Elle détestait cet endroit par tous les pores de sa peau. Elle sortait maintenant avec un cache-nez pour protéger ses poumons du vent. Elle couvrait ses mains de gants bien chauds, avant d'ouvrir le frigo. Mais pire que tout, elle devait limiter les bisous et autres câlins pour se prémunir d'un quelconque virus.

Elle prit les devants et se rasa la tête avant de découvrir d'indélicates mèches de cheveux sur son oreiller. Lucy avait préparé le terrain. Un coiffeur avait coupé, au plus court, sa longue tignasse. Elle pensait que le choc du crâne chauve serait moins rude. Un samedi après-midi, la famille squatta la salle de bains. L'acte devait rester anodin et ludique. Charly s'arma de sa tondeuse et menaça les brigands d'une sombre vengeance, à la manière des Indiens d'Amérique du Nord. On riait, on se chamaillait dans cet espace exigu.

— Alors, qui le premier? Toi, là, vaurien, tu ne sais pas ce qui t'attend… Un coup toi, un coup moi !!!

— Non, je me sacrifie, je serai la première !!!

— Très bien ! Mais le nain ne perd rien pour attendre… Ton tour viendra…

— Ou pas !!!

— Je veux un crâne qui brille au soleil !

Quelques secondes plus tard, Lucy dévoila son nouveau visage et appréhenda la réaction de son fils. Elle se retourna vers lui, Léo marqua un temps. On retenait sa respiration. Mais, heureusement, le résultat lui sembla plutôt pas mal et la bonne humeur réinvestit les lieux. Charly dévisageait sa femme avec amour et infinie tendresse. Grâce à elle, ils ne gaspillaient pas une minute, pas une seconde accordées par le destin. C'était son tour, à sa façon, il voulait accompagner son amoureuse. Le résultat était nettement moins probant. Les chutes enfantines, les points de suture marbraient son crâne à la forme peu harmonieuse. Le trio infernal éclatait de rire devant la grimace de Charly. Léo comptait les cicatrices sur la tête de son père et le comparait à un vétéran. Le garçonnet souhaitait qu'on lui rase aussi le crâne. Moment de flottement.

— Tes copains risquent de se moquer de toi.

— Tu m'as dit qu'il ne fallait pas faire attention aux gens qui se moquent.

— C'est exact. Mais peut-être que les gens penseront que tu es malade.

— J'ai un zizi, non ?

— Euh oui, mais je ne vois pas le rapport, mon ange.

— Donc, je suis un garçon, même si on me traite de fille.

— Euh… Oui…

— Donc, je ne suis pas malade, même si j'ai plus de cheveux.

— Vu sous cet angle…

La leçon de Lucy avait porté ses fruits. La décision de Léo était réfléchie, irrévocable. Ses boucles longues et brunes tombaient sur le sol sous le regard discrètement inquiet de sa maman. Le petit garçon ressemblait plus que jamais à un ange. Curieuse image. Et, contre toute attente, dans la douceur du soir de cette journée singulière, la maisonnée, au crâne rasé, installée dans le canapé face à la cheminée, prenait les traits d'une famille à peu près normale, dotée d'une ambiance très particulière.

Ana fermait son cabinet pour une durée indéterminée. Sa place était auprès de Lucy. Charly préparait la chambre d'amis pour elle et sa fille. Il s'obligeait à suivre les volontés de sa chère et tendre de faire de chaque jour une fête. Ils vivaient en tribu : les parents, les tontons, les tatas, les nièces, les amis de passage. L'ambiance était gaie, tout du moins en apparence. On s'affairait à embellir le quotidien de la famille Bélarté. On évoquait rarement la maladie. On riait. On chantait. On vivait. Léo s'épanouissait. Lucy le poussait vers les autres, l'encourageait vers l'autonomie, l'entraînait à se débrouiller sans sa maman.

Ana et Charly se réconfortaient l'un et l'autre. Ils se comprenaient. Loin des yeux de Lucy, ils s'octroyaient le droit de craquer, de pleurer, de crier. La nouvelle se répandit, comme une traînée de poudre, en une de tous les magazines pendant plusieurs jours. La jeune femme refusait toute interview et le fiel des oiseaux de mauvais augure s'atrophiait peu à peu. D'autres rumeurs plus ou moins vraies, plus ou moins horribles, plus ou moins racoleuses prenaient le relais.

Le malheur est-il contagieux? À chaque sortie, Lucy affrontait la peur des gens dans les regards qu'elle croisait. Le mot cancer provoque une terreur irrationnelle chez les autres, tel un virus contagieux. D'ailleurs, on ne parle pas de cancer mais de longue maladie, de maladie grave. Des connaissances changeaient de trottoir, d'autres chuchotaient dans son dos, après son passage. Elle faisait semblant d'ignorer. De temps en temps, elle en voulait à tous ceux qui n'étaient pas malades. Souvent, elle se demandait qui, de l'époque ou de son âme, sombrait dans l'égarement. Lucy connaissait le prix du bonheur. Elle réglait « ses affaires » avant que son corps ne soit bouffé par les métastases ou trop abîmé par les traitements.

Après huit séances de chimio et près d'une vingtaine de radiothérapies, Lucy souffrait affreusement physiquement. Elle passait dans le PET scan pour contrôler l'évolution de la maladie après les semaines de traitement. Les résultats étaient sans appel. Malgré le poison injecté dans le corps de Lucy, on ne notait aucune amélioration. La nouvelle résonnait tel le bruit de l'explosion d'une bombe dans la tête de la jeune femme. Le temps se rétrécissait à la vitesse d'un cachemire lavé à quatre-vingt-dix degrés.

— Six mois au maximum.

Pour la première fois, Charly entendit la sentence sortir de la bouche des hommes en blouse blanche. Au fond de lui, il avait gardé l'espoir, désarmé par sa peur indicible de la perdre. Il avait refusé les mots de Lucy. On lui vomissait la vérité en pleine face. Tout s'effondrait brutalement. Le désespoir d'un bonheur perdu. L'ombre de la maladie allait s'étendre autour d'eux. La vilaine mélopée tentait de s'installer dans sa tête.

— Bon, eh bien, si la vie était une course d'endurance, disons que je suis sur la ligne de départ d'un cent mètres enfiévré, surclassé parmi les finalistes.

Ils se regardèrent un long moment. Les silences sont parfois nécessaires pour tout se dire. Ils marchaient côte à côte, silhouettes fantomatiques au milieu de la foule, chacun en quête de ce qui pourrait l'aider à surmonter le drame qui les attendait. Ils s'installèrent en terrasse, commandèrent deux cafés. Le temps s'était arrêté.

— Tu te souviens de ce que tu m'as dit il y a un peu plus de dix ans.
— Euh… Tu peux être plus précis ? Je parle beaucoup et je dis beaucoup de conneries…
— C'était le 25 novembre 2006.
— Attends, ça me dit quelque chose cette date. En même temps, j'en ai dit pas mal ce jour-là.
— Beaucoup moins que moi.
— Ça c'est vrai… Qu'est-ce que tu parlais…
— J'étais juste heureux…
— Alors, qu'est-ce que je t'ai dit ?
— Tu venais de te réveiller et tu m'as dit : « Je ne sais pas comment on fait. » Alors, sache que rien ni personne ne m'a rendu plus heureux que toi en quarante-sept ans.
— Arrête, tu vas me faire pleurer…

Charly dévisageait sa femme et se demandait comment il pourrait continuer sans elle. Il connaissait tout d'elle, aujourd'hui. Il finissait ses phrases, allait au-devant de ses désirs. Il se montrait tendre ou distant selon ses humeurs. Grâce à elle, il avait réussi à envisager la vie autrement. Maintenant, elle allait partir. Il avait encore tellement de choses à apprendre avec elle, à partager. Ils étaient indissociables.

D'un commun accord, ils décidèrent de ne rien dire à personne des conclusions des spécialistes. Il était préférable, pour les autres, de ne pas savoir.

En rentrant chez eux, Lucy alla se rafraîchir. Elle se dévisagea dans le miroir, au-dessus du lavabo, sans jamais se rencontrer. Le teint cireux visible sous le maquillage, les cernes impossibles à cacher, les joues creusées, le foulard choisit par Léo ancré sur la tête. La chimio la ravageait. Elle ne voulait plus infliger le triste spectacle d'une maman ou d'une amoureuse à peine capable de tenir debout plus de trois heures d'affilée… Chauve, grise, laide. Les images de sa grand-mère, son supplice, sa fin inexorable lui revenaient et elle comprenait, enfin, après tant d'années, cette décision qui l'avait tant fait souffrir. Ce jour-là, face au reflet d'un visage méconnaissable, dans sa maison, entourée des siens, Lucy prit une décision, posée délicatement à la frontière de son inconscient : elle arrêtait les traitements et s'en remettait au destin.

Charly
Les mystères de la vie

Est-il possible de s'obstiner à rire, à parler, à marcher, à vivre tout simplement, tout en sachant ? Lucy s'inscrit dans une sorte de combat et je n'ai pas le choix. Elle ne me le pardonnerait pas. Alors, je continue, presque mécaniquement, à sauver les apparences. C'est très con, mais lorsque l'on traverse un tel traumatisme tout se remet en ordre. Il n'y a plus de fausse urgence, de faux drames, on reconnaît ce qui est essentiel. Sa décision d'arrêter les traitements m'a anéanti, mais qui mieux qu'elle pour décider ? Le produit injecté dans ses veines l'affaiblit plus qu'autre chose et les « devoirs sociaux », plus ou moins imposés aux malades, l'insupportent. Elle se fout de rester décente, courageuse, docile, respectueuse aux yeux de tous ces gens qu'elle ne connaît pas. Elle refuse l'emprisonnement d'une apparence. Elle a déjà donné, à une autre époque, dans une autre vie. Une comédie dorénavant impossible à assumer. Le temps lui manque. Il n'y a plus de place pour l'hypocrisie. Les médecins ont pourtant essayé de la dissuader, un après-midi entre quatre murs.

— Lucy, nous sommes là pour vous aider, pour prendre soin de vous. On ne peut pas vous laisser sans traitement.

Un silence interminable. Elle les regardait, les observait, les déstabilisait. Moi aussi, j'attendais sans comprendre. Je me doutais qu'elle préparait un sale coup.

— Pour m'aider ? C'est bien ça ? Alors, comment vous dire ? Permettez-moi d'en douter. Entre l'irradiation de la radiothérapie qui brûle à petit feu mon cerveau et la chimio à qui je dois ma tête d'œuf, qui me donne la gerbe à en crever, qui me vide de toute énergie et qui, par-dessus tout, me prive des bisous et des câlins des êtres que j'aime le plus au monde sous peine d'attraper une quelconque infection parce que ces merdes détruisent tous mes globules blancs et, jamais rassasiés, s'attaquent maintenant aux rouges… sans jamais inquiéter cette putain de tumeur… Eh bien dites-moi, je suis curieuse de savoir ce que ce serait si vous ne vouliez pas m'aider. Alors, si encore j'avais une chance, même minime, de m'en sortir, la donne serait différente, mais là, tout de suite, j'ai juste envie de mourir en paix ! Je préfère m'éviter les lésions buccales, les inflammations des muqueuses, les diarrhées, les pustules sur la peau, la cécité. Aujourd'hui, le seul remède capable de me soulager n'est autre que l'amour de mon entourage, loin de vous, de votre service qui pue la mort et de vos poisons que vous balancez sans aucun scrupule à une femme condamnée sous couvert d'essais thérapeutiques. Sur ce mesdames, messieurs, bien le bonjour chez vous. Tu viens mon amour, on se casse.

La messe était dite. Je ne trouvais pas les mots. Elle me prenait au dépourvu, me mettait devant le fait accompli. La scène aurait pu être drôle dans d'autres circonstances, elle était tragique.

Pourquoi elle ? Pourquoi nous ? J'y arrive pas. Je cache ma détresse, mes larmes, par délicatesse. Ana et moi faisons front, quand l'un craque, l'autre tient la barre. Ne rien laisser transparaître pour elle, pour Léo. Lucy a trop encaissé, trop souffert. Trop de peines infligées. Elle avait fait le choix de ne jamais se plaindre, et la souffrance, tant niée, l'a envahie. Elle possédait en elle une partie tellement aride que rien ne pouvait pousser. Son bonheur était de vivre dans l'instant présent, mais persistent toujours les regrets, les séquelles, le passé… La maladie a trouvé la faille. Elle s'est immiscée pour la consommer lentement. Certains pensent que les anges partent en premier. Ça me fait du bien d'y croire. Lucy en est un, sans nul doute. À ses côtés, on se sent tout de suite mieux, plus léger, plus heureux. Aujourd'hui, seul notre bonheur à nous l'inquiète… celui d'après… après elle. La mort ne l'effraye pas. Elle a accepté depuis longtemps les enseignements de la vie et leur tournure inévitable. Elle déteste nous faire du mal. Elle transcende sa maladie, non pas pour jouer les héroïnes, mais pour profiter de nous, le plus longtemps possible. Et Léo dans tout ça ? Que pense-t-il ? Que ressent-il ?

Il n'en parle jamais. Il poursuit son train-train de petit garçon. De temps à autre, je le surprends à scruter sa maman d'un œil triste quand elle est faible ou quand elle s'endort dans son fauteuil en plein après-midi. J'aimerais savoir, l'interroger, mais je crains l'intrusion dans son monde, dans ses pensées magiques. Trop vouloir en parler, c'est risquer de réveiller de nouvelles inquiétudes, de lui refiler mes angoisses. Le petit d'homme prend soin de sa maman, lui dessine de beaux dessins lumineux, pleins de vie, comme pour conjurer le sort. Il lui raconte des histoires, la câline. Lucy lui offre toute son énergie. La journée, elle se met en sourdine en attendant la sortie des classes. Vers seize heures, elle s'enferme dans la salle de bains, se maquille, se parfume, s'habille pour lui. Le rituel terminé, elle s'installe face à la porte d'entrée et l'attend. Notre fils peut-il appréhender le manque ? A-t-il peur de perdre ses repères ? Serai-je capable de l'aimer pour deux ? Serai-je à la hauteur ? Il me faudra lutter contre ma tristesse pour le rassurer et lui montrer qu'il pourra compter sur moi. Quoi qu'il en soit, quoi que je fasse, il perdra un bout de l'amour inconditionnel si vital à chaque enfant. Il devra se construire avec cette blessure à l'âme et au cœur.

Je surprends Lucy. Elle se prépare. Léo ne devrait plus tarder. La maison est silencieuse. Certains font les courses, d'autres sont à la sortie de l'école. Elle s'observe. Je me glisse derrière elle. Je l'enlace. Je sens ses côtes sous son tee-shirt. Je pose mes mains sur sa taille de plus en plus menue, mon menton sur son épaule décharnée. Dans le miroir, nos yeux ne se lâchent pas. Le désir, les corps enfiévrés, la promesse de l'avenir appartiennent au passé.

— Ne me quitte pas.

— Si tu commences à piquer les paroles de Brel, on est mal !

— J'ai besoin de toi, Lucy. Je m'en sortirai pas sans toi.

— Et pourtant, il le faudra, mon soleil.

— Avec toi, je peux tout, mais sans toi, je ne peux rien. Je ne peux pas imaginer la vie sans toi, sans ton rire, ton esprit, ton corps, ton odeur. Chaque morceau de toi va me manquer.

— Aurions-nous été capables de nous réinventer pour garder la même intensité, la même envie, le même désir ?

— Maintenant qu'il n'y a plus d'avenir, tu te projettes dans un futur hypothétique ?

— Tu te rends compte de la chance qu'on a ! On n'aura pas le temps de se lasser l'un de l'autre. Tu n'auras pas à lutter contre tes pulsions « testonesques » … tu n'auras pas à te montrer vague sur telle soirée ou telle rencontre… tu me dispenseras d'une pauvre excuse ou, pire encore, de cette mauvaise foi légendaire dont font preuve les maris infidèles.

— Je n'ai pas besoin de tout ça, Lucy. Je t'aime, toi. Je n'ai besoin de personne d'autre et ne veux personne d'autre.

— Je souhaite que tu aimes à nouveau, Charly. Tu ne m'oublieras pas en refaisant ta vie. Je suis sûre que quelque part une femme t'attend et je t'interdis de la laisser filer quand le moment sera venu. Promets-le-moi.

— Arrête, Lucy. Arrête… Ça fait trop mal.

— Pardon.

Elle se retourne, se colle contre moi et prend ma bouche de force. L'instinct primitif se réveille. Une anarchie de sentiments se mêle au désir ardent. Nous faisons l'amour à même le sol, comme jamais, portés par un sentiment d'urgence absolue.

Ana
Rester ensemble jusqu'au bout

Comme chaque matin, depuis bientôt deux mois, j'aide Lucy à faire sa toilette. C'est notre tête-à-tête journalier. Elle refuse cette humiliation devant son homme. Je la soutiens pour lever et même si l'arrêt des traitements l'a soulagée un temps, on devine la progression du mal. Elle met un point d'honneur à se déplacer seule, alors je borde les alentours pour éviter la chute. Dans la douche italienne, un tabouret glacé attend ses fesses osseuses, tel un « vieux pervers », comme elle dit. Elle y installe son corps efflanqué. Sa peau laisse entrevoir le sang qui circule encore, ses joues creusées font ressortir ses mâchoires. Elle paraît si fragile, si petite. Je voudrais la protéger de l'horreur qu'elle traverse. Forcément, je me demande ce qu'on aurait pu faire pour éviter ça. Les larmes de Lucy, trop longtemps refoulées, ont fini par pourrir. Il y aura pour toujours un avant joyeux et pour toujours un après douloureux habité par le manque. Je renifle.

— Ah, non, Ana ! Tu vas pas me faire le coup tous les matins.
— Pardon… Je suis désolée.
— Tu m'emmerdes !

Une fois la douche terminée, elle se maquille, se pomponne pour rejoindre ses hommes et nos amis. Ses cheveux ont repoussé et, malgré sa maigreur, elle donne le change.

— Je ne supporte plus ma tête.
— Dis pas ça…
— T'as vu la tronche que j'ai… Imbaisable.
— Bon, c'est quoi le problème, Lucy ?
— À l'évidence, mon plus gros problème reste que je vais crever à l'âge où je pourrais encore donner un petit frère ou une petite sœur à mon fils… À part ça, j'ai envie de te dire que tout roule !
— C'est pas ce que je voulais dire…
— Je sais, Ana… Je plaisante. De toute façon, je ne voulais pas d'autre enfant. Regarde-moi ça, on pourrait confondre mes jambes avec mes bras. Des bouts de bois. On dirait « Groot » !
— T'es pas drôle, Lucy.
— Ouh ! là, là ! … Hey… arriver à rire de tout, et même du pire, toujours.
— N'est pas Woody Allen qui veut…
— OK, j'arrête.

Je fais son lit pendant qu'elle choisit sa tenue.

— Ana ?
— Quoi ?
— Merci, merci pour tout ce que tu fais pour moi… Merci d'avoir toujours été là.
— Tais-toi, ou je pleure.
— Ah non ! Je crois que j'ai besoin de trouver une raison, un sens à cette merde qui va me laisser sur le

carreau. Je suis sûre qu'en bonne thérapeute tu y as réfléchi.

— Exact… Mais je n'ai pas trouvé…

— J'étais trop heureuse, ça devenait suspect…

— Mais non, ne cherche pas d'argument moral, y en a pas… Peut-être des raisons physiques, des causes psychiques…

— Peut-être… Je t'aime, tu sais.

— Oui, je sais.

Elle s'habille difficilement, refuse toute aide.

— Tu crois à la vie après la mort ?

Cette manie de vous balancer tout ce qui lui passe par la tête, sans aucun filtre. Je ne m'y habituerai jamais.

— Euh, non, je ne crois pas au paradis…

— Moi non plus… Mais tu crois vraiment que tout s'arrête, après ?

Elle est pénible. Je retiens mes larmes. Je déteste la tournure de cette conversation.

— Tu ne vas pas mourir, Lucy.

— Ah, mais bien sûr que si, ma chérie… Et bientôt, en plus ! Alors, il serait peut-être temps que tu commences à t'y faire.

— Tu vas mieux, depuis quelque temps.

— Ça n'a aucun rapport, et tu le sais très bien… C'est parce que la Javel ne coule plus dans mes veines, mais la bête noire continue son assaut et mon cœur fatigue.

Je le sens. Mais on s'en fout, ce n'est pas de ça dont je veux te parler.

Elle est prête. Elle s'assoit sur le lit, m'invite à ses côtés, prend ma main dans la sienne. J'en profite pour lui coller son patch antidouleur sur le poignet.

— Je veux être sûre que, après, tout ira bien pour vous. Pour toi, pour Charly et pour mon fils.

Je ne comprends pas très bien le sens de sa phrase. Elle sourit et enchaîne.

— Tu es la seule femme dont Charly pourrait tomber amoureux et il est le seul homme qui pourrait te rendre heureuse. Tu lui apporteras tout ce que je n'ai pas pu… Le calme, la sécurité… Tu seras l'amour de la sérénité… De la sagesse…

— Arrête Lucy, s'il te plaît… Ça devient très glauque…

— J'ai pas fini… Ce ne sera pas facile au début… Mais laissez faire le temps, laissez dire les gens, laissez couler les regards, fuyez la culpabilité… N'ayez pas peur de réussir ou d'échouer…

— Tu nages en plein délire…

— J'ai besoin de savoir que vous serez tous ensemble, heureux… Après…

— Pourquoi tu parles de tout ça ?

— Parce que j'ai peur… Parce que c'est important pour moi… Avec lui, tu ne devras pas craindre le silence. Il est la seule personne capable de s'écouter penser sans angoisser.

Je la regarde incrédule, impuissante.

— Charly aime la mer. Il vénère l'idée de pouvoir disparaître, l'image d'un horizon infini. Léo me ressemble, c'est un enfant secret, concentré, sensible. Il ne pose pas de question inutile, il suit son instinct avec détermination.

— Je sais tout ça, Lucy.

— Ça me fait du bien de te le rappeler. Léo saura se réfugier dans un monde imaginaire où ce qui a été n'existe plus… Où tout reste possible. J'ai confiance en lui, mais vous devrez l'accompagner pour éviter qu'il ne se perde…

— …

— Écoute-moi bien, ma belle amie. J'ai promis à mon fils une vie de famille et je ne veux pas faillir. Parce que, même si la vie se montre cruelle, je veux qu'il sache qu'elle reste magique et qu'il doit l'aimer envers et contre tout. Je ne veux pas qu'une autre femme que toi élève mon petit garçon. Charly doit continuer de naviguer et Léo ne sera en paix qu'avec toi durant les absences de son père. Promets-moi, Ana, je t'en supplie. Promets-moi une dernière fois.

Lucy n'a plus la force ni le courage de masquer ses tourments.

— Je te promets de faire ce que je peux.

Lucy
Rester ensemble jusqu'au bout
Août 2016

Il m'arrive ne plus me souvenir.

Je me réveille dans un lit froid sans savoir comment je m'y suis couchée.

Je m'étiole inexorablement, poussée vers la fin avec la sensation de disparaître doucement.

Depuis quelques jours, je survis en sourdine *a minima*.

Tant qu'on ne sait pas ce que c'est, il est trop facile de prétendre que la vie vaut d'être vécue jusqu'au bout de l'enfer… J'ai trop de respect pour elle pour finir dégoulinante, dépendante des uns et des autres en attendant le dernier souffle.

Fait-il beau ?

Fait-il froid ?

Les oiseaux volent-ils encore ?

Où suis-je ?

Qui suis-je ?

Tout se couvre d'un épais brouillard.

La douleur me prouve que je suis encore vivante.

Un soir, j'ai peur de m'endormir et de ne plus me réveiller. Le lendemain, je prie pour que cela arrive.

Je souhaite me rendre infiniment discrète pour ne plus peser sur leur quotidien.

Parfois, je m'empêche de leur hurler d'aller se faire foutre avec leur pitié.

C'est court et en même temps tellement long quand on souffre.

J'essaie de me remémorer les parcelles de ma vie, les instants enfouis comme pour noircir les pages d'un journal intime sur le point de s'effacer.

Que deviennent les objets après la mort?

Ma mère me manque.

Mais non, impossible, je ne la connais pas.

Serai-je, un jour, oubliée?

Que deviennent les gens quand plus personne ne pense à eux?

La vie est faite pour les vivants.

La mort n'a ni foi, ni loi, ni regret, ni remords. Incroyable. Elle est la seule.

J'aimerais me raccrocher à des êtres divins pour m'aider à passer de la vie à la mort.

Depuis ce matin, je flotte dans une bulle improbable de répit, comme si la maladie s'en était allée, comme si le déclin s'offrait une pause. La voilà donc, cette parenthèse, le moment des au revoir ou plutôt des adieux. Je ne pensais pas que tout irait si vite. Ma vie ressemble à un claquement de doigts. Je comprends mieux l'urgence qui me caractérise depuis ma naissance. Tout allait si vite.

«Après quoi tu cours?» me demandait Mado. Je galopais après le temps pour ne pas en perdre une miette, une nanoseconde. Ma vie est un film en accéléré. Elle va s'arrêter net l'année de mes quarante-trois ans.

Mon fils, mon amour, mon petit soleil, comme je suis fière de toi. Souvent, il t'arrive de cacher ta détresse derrière une cascade de mots. J'ai entendu des gens me dire : « À quelque chose malheur est bon. » Ou bien encore : « T'inquiète, ça le fera grandir. » Si, si je vous jure, j'ai entendu ce genre de condescendance. Certains ne redoutent ni la bêtise, ni le ridicule. J'ignore si mon Léo ressortira plus fort de cette épreuve, tout ce que je vois c'est son combat magnifique pour ne rien montrer de son inquiétude.

Un soir que je le couchais, nous étions dans son lit collés l'un contre l'autre. À la fin de l'histoire, mon ventre se serra, effrayée à l'idée d'un arrêt brutal de ce quotidien, de cette routine si nécessaire à tous les enfants. Dans la pénombre, sa petite voix endormie me demandait :

— Maman ?
— Oui, mon chéri…
— Comment on va faire, après ?

Je restai muette. Il me demandait d'apaiser ses peurs. Je lui caressais les cheveux, le serrais plus fort, cherchais les mots. Il enchaîna.

— Maman, je veux mourir en même temps que toi.
— Dis pas ça, mon ange. Tu dois vivre parce que la vie est un cadeau merveilleux et qu'on doit lui faire honneur en la savourant un peu comme une glace à la vanille au cœur croquant chocolaté.
— Hum, ça doit être trop bon.
— Ça va aller, mon ange… Ce sera peut-être un peu dur au début, et puis, avec le temps, la douleur rendra sa

place à la joie. Tu as tellement de choses à vivre, à découvrir. Je te jure que la vie est belle, magique et mystérieuse…

— Comme un conte…

— Presque… J'ai la tête pleine de jolis souvenirs car je n'ai gardé que le meilleur, et grâce à eux, je suis heureuse, aujourd'hui.

— T'as raison maman ! En fait, je vais vivre une tonne de choses, comme ça, j'aurai une montagne d'histoires à te raconter quand je te retrouverai.

— C'est ça ! T'as tout compris.

— Maman ?

— Oui…

— Je t'aimerai toute ma vie, même quand tu seras morte.

Il s'endormit dans mes bras. Un large sourire illuminait son visage.

Il y a quelques années, je ne sais plus qui, mais certainement quelqu'un de peu scrupuleux, m'avait offert un livre au titre prometteur *The Top Five Regrets of the Dying* (*Le Top cinq des regrets des mourants*). Pas mal, non ? Fallait y penser… Alors, curieusement à l'époque, je l'avais soigneusement oublié dans un coin. On se demande pourquoi. Vu les circonstances, je m'y suis plongée le mois dernier. Le principe est enfantin, Bronnie Ware (l'écrivaine), une infirmière australienne, a recueilli, tout au long de sa carrière, les derniers mots, vœux et souhaits de ses patients en fin de vie. Voici donc ce à quoi penserait le commun des mortels aux portes de son ultime souffle. À la cinquième place : « J'aurais aimé m'autoriser à être plus heureux. » À la quatrième : « Je regrette de ne pas être resté en contact avec mes amis. » En troisième position :

«J'aurais souhaité avoir le courage d'exprimer mes sentiments.» En deuxième : «J'aurais voulu travailler moins pour profiter davantage de ma famille et voir grandir mes enfants.» Et le grand gagnant, surtout le plus regrettable, est : «J'aurais aimé avoir le courage de vivre ma vie comme je l'entendais et non la vie que les autres attendaient de moi.» Pourquoi la clairvoyance arrive-t-elle, chez la plupart d'entre nous, quand il est trop tard ? Ne pourrait-on pas acquérir plus tôt cet essentiel pour une vie de paix et de sérénité ? Faut-il attendre la certitude et surtout l'acceptation d'une mort imminente pour conscientiser le miracle de notre passage sur Terre ? D'où viennent ces schémas dans lesquels beaucoup d'entre nous se perdent jusqu'à passer à côté de leur existence ? Être heureux est un choix… Ne pas craindre le regard des autres, ne pas avoir peur du changement, se libérer de nos ornières et de notre prétendu «confort» pour réaliser nos rêves. Oser dire ce que l'on pense à ceux que l'on aime pour éviter la rancœur. Ne pas se contenter d'une vie médiocre. Arrêter «de travailler plus pour gagner plus». Mais juste vivre mieux pour aimer mieux.

Je ne verrai pas grandir mon petit garçon, soit, c'est une certitude, un chagrin indicible, mais j'ai savouré pleinement chaque seconde à ses côtés. Je n'ai rien raté de ses premières années. Mon vœu était de l'accompagner le plus loin possible, de lui donner les armes pour apprécier la vie avec ses hauts et ses bas. Le destin est plus fort que nous. J'ai vécu comme je l'entendais en faisant fi des jugements, des reproches, de l'amertume des uns, de la méchanceté des autres. J'ai pleuré, j'ai aimé, j'ai ri, j'ai appris, j'ai réalisé. Je vais mourir et je n'ai aucun regret. Mon Dieu ! Que j'aime la vie en général et la mienne en particulier ! Parfois, j'ai peur, pas de la mort en elle-même, mais de ces quelques secondes, juste avant.

Que sera la vie sans moi pour mes amours ?

D'abord le choc, l'effondrement, puis la solitude au bord du précipice.

La mort n'est plus abstraite.

Elle est palpable.

Le vide laissé dans leur quotidien.

La froidure de l'absence dans chaque recoin. L'amertume de ne plus rien partager.

Le sentiment d'abandon pour certains, de colère pour d'autres.

Le besoin de garder le lien envers et contre tout.

L'espoir d'un réveil après le cauchemar.

Le bruit des pas sur le parquet.

Un rire au détour d'une rue.

Mon visage partout sur les murs, les meubles de la maison.

Les Post-it jaunes ou roses traîneront encore dans les endroits les plus insolites.

Ma voix, sur le répondeur, retentira dans un silence religieux.

Les effluves de mon parfum ambré circuleront dans le couloir de l'entrée, dans le salon, dans la penderie, avant de s'évaporer.

Une silhouette, une attitude les feront tressaillir.

Je serai la reine, la meilleure des épouses et des mamans, proche de la perfection. La mort a ses bons côtés. Dans l'énergie du désespoir, on oublie les défauts de l'autre, les vieilles brouilles.

On ne pense qu'aux bons moments, à ce qu'on s'est dit, à ce qu'on ne se dira pas, à ce qu'on aurait pu se dire.

Ils oublieront mes grosses colères, mes petites manies souvent insupportables, ma mauvaise foi, mes sautes d'humeur mensuelles.

Puis, le temps fera son travail.

La légèreté reprendra ses droits.

Composer avec l'absence, l'apprivoiser pour se reconstruire.

La vie ne sera plus comme avant mais elle semble à nouveau envisageable.

La déchirure cicatrise.

Le souvenir se fait plus doux.

J'ai froid.

La chaleur du corps de mon homme me réchauffe.

Je veux me souvenir de tout.

De chaque seconde.

De son visage.

Des traits de celui de mon fils.

Je veux les emmener avec moi.

Ainsi soit-elle

Lucie s'éteignit le 13 août 2017, dans son sommeil. Son cœur avait lâché, quarante ans, jour pour jour, après le départ de sa mère pour une contrée lointaine avec un bel inconnu. Même si tout le monde savait, tout le monde espérait. Même si tout avait été préparé, le choc était atroce.

Jusqu'à l'incinération, personne ne réalisait. Les va-et-vient, le monde, les lettres, les fleurs, les paroles comblaient, un temps, l'absence. Charly se perdait dans l'organisation des funérailles. La cérémonie était gaie, sobre, musicale, ainsi l'avait souhaitée Lucy. Plus tard, le père et le fils prirent la mer pour disperser les cendres de leur étoile filante. L'eau était calme, chaude. L'immensité attendait Lucy. Charly prit son enfant dans ses bras, repoussa sa mèche qui lui tombait sur le front et lui jura qu'il serait toujours là. Qu'il l'aimerait pour deux. Et, peu à peu, le monde se remit à tourner autour d'eux comme si de rien n'était.

Chez Charly et Léo, la tristesse prenait ses quartiers… tenace. L'écho du rire de Lucy manquait cruellement dans la maison, même Calu l'attendait, désespérément couché à côté du portail. Dans la salle de bains, sa trousse de maquillage, son parfum, sa brosse à dents jouaient les prolongations. Pourtant, elle avait fait le tri pour ne pas venir les hanter. Ils mettraient du temps à s'en séparer. Pendant de longues semaines, rien ne bougea. Le pull de Lucy oublié sur son fauteuil face à l'entrée. Ses livres de chevet avec leur marque-page sur la table de nuit. Le cendrier débordant sur le rebord de la fenêtre. Son paquet de clopes et son briquet sur l'étagère du salon. Elle avait fumé jusqu'au bout – « perdue pour perdue... ». Ses vêtements dans le dressing. Ses chaussures, ses manteaux, ses écharpes dans l'entrée. Tout restait figé dans l'attente de son retour. Les petits mots de Lucy, sur les feuilles jaunes ou roses, traînaient sur le frigo, sur le miroir, dans la chambre de Léo, sur la porte des toilettes, sur le pare-soleil de la voiture. Ils s'accrocheraient tant que l'autocollant résisterait. Plusieurs fois par jour, Charly composait le numéro du portable de Lucy pour entendre sa voix. C'était ridicule, mais plus fort que lui. Il mettrait du temps avant de résilier la ligne. Le père retrouvait régulièrement son fils caché dans l'armoire de sa mère. Le nez enfoui dans ses affaires. Il prendrait son temps pour vider l'espace de Lucy. Le garçon demandait à voir les films de sa maman, les albums photo sur l'ordinateur, les vidéos de leurs vacances. Ils garderaient ses souvenirs de père en fils.

Un soir, Léo demanda à son père :

— Papa, de quoi tu as peur, dans la vie ?
— Euh... De beaucoup de choses, des scorpions, des méduses, de ne pas être un bon papa, de ne pas être à la hauteur, de faire du mal aux autres...

Charly cessa son énumération, anxiogène, devant le regard surpris de son fils.

— Et toi ? De quoi as-tu peur ?
— De plus rien.

Léo avait vécu le pire.

Un jour, Charly tournera la page et fera quelque chose de ce malheur. Il accompagnera son fils sur le chemin de la joie, comme l'aurait fait Lucy. Chacun ira puiser dans ses propres ressources, dans son histoire, dans ses images avec elle. La douleur restera intime. Ils la côtoieront longtemps. À deux, ils réussiront à vaincre les trous d'air, à s'affranchir des passages escarpés, à gérer les descentes trop abruptes et à remonter les sentiers vers la lumière. Parfois, la colère les envahira. Ils se déchaîneront sur l'injustice pour esquiver leur désolation. Ils découvriront qu'il est plus facile de céder à la mélancolie que d'aller chercher la joie.

Et puis, le désir pointera à nouveau le bout de son nez accompagné de son acolyte, l'espoir. Alors, ils se donneront les moyens de soulager leur peine, d'écrire sur papier ou même de dessiner tout ce que le père et le fils s'autoriseront à faire : rire, pleurer, crier, jouer, aimer, être jaloux de ceux qui auront une maman, de ceux qui auront une amoureuse, voyager, profiter, accepter, recevoir, continuer… Revenir à la vie, tout simplement.

Épilogue

Il était une fois une famille heureuse qui chantait, riait, dansait dans une maison au bord de l'eau. La joie, l'allégresse semblaient ancrées pour l'éternité. Et puis, les pleurs, la tristesse, le silence ont envahi chaque espace de la maisonnée. J'ai perdu ma maman et une partie de mon innocence à sept ans et demi. Prendre conscience que la vie est indissociable de la mort et que notre finalité ne supporte aucune alternative est une épreuve pour le moins singulière. Perdre l'être le plus important de notre existence à l'âge où tous les rêves sont encore possibles semble insurmontable, et pourtant l'épreuve nous ouvre à la réflexion sur le sens de la vie et nous offre les armes pour faire front aux prochains malheurs.

De ma mère, je n'ai rien oublié. Les histoires qu'elle me racontait. Ses mains qui couraient sur mon ventre et sur mon dos. Ses bisous dans mon cou. Ses bras rassurants autour de mes épaules. Ses «Je t'aime» chuchotés. Son odeur. Son regard bienveillant, tantôt joyeux, tantôt inquisiteur. Nos fous rires, nos pas de danse, nos câlins du soir. Tant de souvenirs, de sensations qui vivent en moi. Avant de s'envoler, Lucy m'a offert le plus beau des cadeaux, celui d'aimer la vie envers et contre tout. Oui, j'ai pleuré, souvent en silence, caché pour ne pas rajouter de la tristesse à celle de mon père. Oui, l'absence est une partenaire coriace qui prend toute la place. Oui, des années plus tard, le manque perdure, mais tant qu'on respire, l'histoire continue.

Après le drame tout se casse, tout change. D'une existence tout à fait banale, on entre dans un univers chaotique où plus rien n'est comme avant. On en veut à la terre entière lorsque les gens reprennent le cours de leur vie comme si de rien n'était et que nous, nous en sommes incapables. On en veut à son père pour son inaptitude à nous consoler, trop imbibé par sa propre blessure. On déteste les regards pétris d'empathie pour le petit orphelin que nous sommes.

Et puis le temps passe et on se relève. La tête haute, plus fort encore. L'amour rassurant et gratifiant d'un papa comble peu à peu le vide, en soi et tout autour de soi, laissé par la disparition d'une maman. D'autres personnes prennent place à vos côtés. On parvient, à nouveau, à respirer à pleins poumons. L'amertume s'apaise. On fait avec. La douleur de l'absence s'estompe, et forcément on devient plus humble, plus attentif aux autres... On sait... La douceur, la tendresse sonnent leur retour. La colère capitule. On s'autorise à sortir la tête de l'eau. On se risque enfin à rire.

Qu'est-ce que ma mère aurait attendu de moi ? Ou, plutôt, qu'est-ce qu'elle aurait voulu pour moi ? Suis-je à la hauteur de ce qu'elle a cherché à m'enseigner en si peu de temps ? Comment aurions-nous traversé l'adolescence ? Serait-elle en accord avec mes choix ? Sa mort m'a appris le détachement sur les choses, sur les gens. Pourrai-je, un jour, ressentir le même plaisir à écouter ou à regarder une autre femme que Lucy ? Sa voix rocailleuse possédait une mélodie particulière. Elle apaisait les maux et les peurs. Ma mère était belle, lumineuse, mystérieuse, les yeux illuminés de je ne sais quelle gaieté. Je pense à elle tous les jours. Il m'arrive même de lui parler, de lui demander conseil, et, curieusement, les réponses à mes questions se dévoilent au détour d'une conversation, d'un incident banal, d'un coup du sort, ou encore sur une affiche de cinéma, et à cet instant, je sais qu'elle est là, qu'elle veille sur moi, sur nous… Comme elle me l'avait promis.

Je m'appelle Léo Bélarté. J'ai vingt-deux ans.

Pour en savoir plus
sur les Éditions Plon
(catalogue, auteurs, vidéos, actualités…),
vous pouvez consulter
www.plon.fr
www.lisez.com

lisez!

et nous suivre sur les réseaux sociaux

Éditions Plon

@ÉditionsPlon

@editionsplon

MIXTE
Papier issu de
sources responsables
FSC® C003309
FSC
www.fsc.org

L'éditeur de cet ouvrage s'engage
pour la préservation de l'environnement
et utilise du papier issu de forêts gérées
de manière responsable.

Impression réalisée par CPI
en mai 2021

N° d'impression : 3043345
Imprimé en France